보다

열린책들 하다 앤솔러지 3

# 보다

김남숙
김채원
민병훈
양선형
한유주

# 차례

| | | |
|---|---|---|
| 모토부에서 | 김남숙 | 7 |
| 별 세 개가 떨어지다 | 김채원 | 45 |
| 왓카나이 | 민병훈 | 77 |
| 하얀 손님 | 양선형 | 103 |
| 이사하는 사이 | 한유주 | 157 |

모토부에서

김남숙

사진 속 우형과 나는 좁은 차 안에서 고개를 꺾은 채 자고 있었다. 둘 다 얼굴이 두꺼비처럼 부어서 술기운이 채 빠지지 않은 얼굴이었다. 나는 검은색 추리닝 잠바를 반쯤 열어젖힌 채 자고 있었고 우형은 복잡한 꽃무늬 프린팅이 다닥다닥 그려진 하와이안 셔츠의 단추를 살뜰히 채운 채 자고 있었다. 우형의 뒤에는 이리저리 엉켜 있는 짐들과 캐리어가 보였다. 사진을 볼수록 이때가 천천히 되살아났다. 그때 탔던 차가 뭐였더라. 스즈키 미니카였나. 우형과 나는 소형차 중에서도 가장 작다는 그 차를 어렵사리 빌려서 다리 사이에도 짐을 끼워 넣은 채로 장거리를 이동하곤 했었다.

우형과 나는 오키나와 나하에서 서너 시간은 족히 걸리는 모토부에 있었다. 사진은 구석진 숙소를 떠나던 날 찍힌 사진이었다. 우리가 대여한 숙소의 앞마당에는 잎이 커다랗고 붉은 불상화가 흐드러지게 피어 있었다. 꽃잎이 하도 커서 바람이 불 때마다 옷감 같은 것이 쓸리는 소리가 났었지. 우형은 숙소로 들어가기 전 그 앞에 한참을 서 있었다. 그러다 고개를 뺀 채 잎이 너무 큰 불상화가 좀 징그럽다고 말했고 나는 그 옆에서 꽃에서 이상하게 가죽 구두 냄새가 난다고 말했다.

꽃에서 구두 냄새가 난다고? 너도 참.

우형이 나를 보며 실없이 웃었다.

우형과 나는 바다 외에는 아무것도 없는 모토부의 다다미방이 있는 그 숙소가 좋았다. 버젓한 거실이 있는데도 불구하고 다다미방이 좋아서 그곳에 죽치고 앉아 맥주를 마실 정도였다. 편의점에 들러 커다란 봉투 속에 맥주를 잔뜩 담아 가는 우형의 그림자가 커졌다가 작아지던 기억이 아직 내게 남아 있었다.

그곳에서는 언니와 언니의 남자 친구 진호도 함께였다. 그 당시 카메라를 양손에 들고 사진을 찍어 대던 언니의 모습이 흐릿하게 남아 있었다. 언니의 흩어지는 웃음소리도 여전히 그대로였다. 호호호. 홀홀홀. 그러고 나서 어떻게 되었지. 그러고 나서는 어떤 일이 있었지. 나는 잠깐 멈춰 있었다. 마주해야지. 나는 그 어렴풋한 말을 떠올렸다. 언젠가 갔던 상담사의 지겨운 말이었다. 마주하기. 마주하세요. 그때 내가 뭐라고 했더라.

저는 너무 마주해서 지쳤거든요.

그렇게 말했나.

저는 너무 마주해서 죽고 싶거든요.

그렇게 말했나. 잘 알 수 없지만 그곳에서 돌아오고 나서는 우형도 나도 한 번도 모토부나 다다미방에 대해서 언니와 진호에 대해서 말하지 않았다. 마치 약속이라도 한 듯이.

\*

언니에게서 연락이 온 것은 일주일 전이었다. 낯선 번호였지만 나는 그게 언니라는 것을 알았다. 누렇고 복슬한, 순돌이라는 이름의 목걸이를 걸고 있는 강아지가 배를 까고 누워 있는 사진과 함께였다. 언니는 그동안 어떻게 지냈다는 말도 없이 그저 뜬금없는 말을 보내왔다.

한번 와. 강아지 안 보고 싶어? 아기라서 금방 커서 지금 잘 봐둬야 하는데. 지금은 지금밖에 볼 수가 없어.

나는 그 말에 답장을 하지 않았다. 혼자서만 항상 아무 일도 없었다는 듯이 구는 태도에 이미 질린 대로 질린 상태였다. 언니는 얼마 지나지 않아 내게 다시금 문자를 보내왔다.

  네가 좋아하는 닭볶음탕 해놓을게. 감자 많이 넣고.

  언니가 보낸 사진의 배경 뒤로는 잡초와 알 수 없는 색색의 꽃이 심어진 화분이 줄지어 있었다. 서울 집을 정리하고 대출을 받아 구했다는, 말도 안 되는 시골의 촌집이 저곳이구나. 화분 위에 쓰인 팻말은 누가 보나, 언니의 필체였다. 봉숭아, 채송화, 붓꽃, 땅딸이 토마토…….

  나는 순돌이의 얼굴을 몇 번 확대해 보고는 휴대폰을 닫았다. 언니가 구했다던 촌집에서 언니와 뛰어노는 순돌이를 상상하자 피로가 몰려왔다. 언니를 상상하는 일은 이제 내게는 지치는 일이었다.

  언니는 마음대로 굴었다. 그 일이 있고 난 뒤에 언니는 한번 사라지면 아예 그 종적을 찾기가 어려웠다. 홀연히 사라졌다가 홀연히 나타나기의 반복. 언니는 지난 몇 년간 오랫동안 일했던 곳을 갑자기 그만두고 이사를 가버리거나 전화번호를 바꾸고 한참 연락을 하지 않다가도 다시금 아무 일도 없었다는 듯이 연락을 취해 왔다. 엄마 아빠는 그런 언니를 볼 때마다 피가 마른다고 표현했다. 피가 마른다고. 나는 언니가 돌발 행동을 벌일 때마다 무슨 일이 있느냐고 물었지만 언니는 매번 제대로 된 대답을 하지 못했다.

일? 무슨 일? 나한테?

언니는 매번 시치미를 떼며 아무렇지 않은 척 굴었다. 마치 기운 없이 비척비척 걷다가 화들짝 놀란 사람처럼 내 말을 받았다. 어쩌면 그게 제일 문제였다. 아무렇지 않은 척을 해서 그것을 지켜보는 사람들의 속을 바싹 말라 가게 하는 것. 언니가 그런 방식으로 누군가들을 괴롭히고 있다는 생각이 든 것은 아주 나중의 일이었다.

\*

몇 번 얻어맞은 일이라고, 언니는 일축해서 말했다. 정말 그럴 수 있나.

언니는 그 말 말고도 많은 말을 뱉었다. 전부 다 자신에게 생채기를 내는 말들이었다. 그 말들 속에는 누구도 자신을 대신해서 아프게 할 수 없다는 이상한 일념이 느껴졌다. 언니의 말들은 다른 누군가보다 재빨랐다. 언니는 낮은 층의 빌라에 집을 구한 것부터 시작해서 애초에 방범창을 달아 두지 않은 것, 지인들에게 미리 몇 가지의 조짐에 대해 말하지 못한 것, 둔한 성격이 지닌 문제점들, 그런 성격으로 하여금 위험을 예견하지 못한 것, 처음 주먹을 들었을 때 너무 쉽게 용서해 준 것, 더 거슬러 올라가 처음 진호를 만난 날까지 전부 자신의 잘못이라고 말했다.

그러니까, 언니의 말들을 종합하면 진호의 잘못은 하나도 없었다.

전 다 좋습니다. 전 다 괜찮아요.

언니가 말을 뱉을 때마다 나는 그렇게 말하는 진호가 떠올랐다.

기억 속 진호는 매번 별로 없는 머리숱을 가리기 위해서 모자를 쓴 채 어색하게 웃는 애였다. 진호가 웃는 모습은 마치 좋은 인상을 남기기 위해서 노력하는 사람처럼 보였다. 더 크게 입을 벌리거나 더 크게 이를 보이며 얼굴을 구기는 식이었다. 그렇기에 우형과 나는 좀 더 진호가 편할 수 있는 방식으로 진호를 살뜰히 대했다. 딱딱한 진호가 조금 편했으면 좋겠어서.

뭐가 그렇게 다 괜찮아. 사람이 그렇게 맨숭맨숭해서 어떡해.

괜찮다는 말만 하는 진호에게 우형과 나는 그렇게 말했다. 그때 우형은 웃었고 나도 웃고 있었다. 그리고 그때 웃고 있던 그 모습들은 나중에 시간이 지나서도 나를 아프게 했다.

언니의 말들 속에는 원래 그런 애는 아니었는데, 라는 말이

머리말처럼 따라붙었다.

원래 그런 애는 아니었는데, 요즘 좀 힘들었나 봐.

원래 그런 애는 아니었는데…… 벌써 누구보다 후회하고 있을 거야.

병원에 누워 퉁퉁 부은 얼굴로 언니는 웃으며 말했다. 그때 언니는 웃기에 바빠 보였다. 그곳에서 유일하게 웃기에 바쁜 사람은 언니밖에 없었다.

세상이 핑핑 돌더라니까. 인생이 뭐 이렇게 다이내믹해?

침상에 걸터앉아 두꺼운 담요를 덮고 있는 언니가 말했다. 언니가 입은 환자복 위로 군데군데 뾰족한 상처들이 고스란히 드러났다. 나와 우형은 그 모습을 아무 말도 하지 않고 바라보았다. 우형은 내 옆에서 슬퍼했다. 우형이 슬퍼하고 있다는 것이 나에게도 그대로 느껴졌다. 슬퍼하는 우형에게서 실이 뚝뚝 끊어지는 소리가 들렸다. 언니는 오히려 한참을 울고 있는 우형을 위로했다. 너무 그러지 말라는 말을 덧붙이기도 했다. 너무 그러지 말라고.

우형아, 너무 그러지는 마.

언니는 고개 숙인 우형의 등 뒤에 몇 번이고 그렇게 말했다.

이해할 수 없는 건 언니의 말뿐만은 아니었다. 언니는 그 이후에도 진호와 몇 번 만났다. 제대로 된 사과도 받고 밥도 먹었다고 했다.

진짜 제대로 미쳤구나.

나는 그때 붉은색 가죽 가방을 벗어 놓는 언니에게 그렇게 말했다. 언니는 그 말에 얼굴을 구기거나 어떤 생각에 잠겨 있지 않았다. 그때부터였을까. 언니를 보고 있으면 몸에서 무언가 빠져나가는 기분이 들었다. 나는 그 기분이 싫어 언니를 싫어했다.

어차피 벌어진 일은 벌어진 일이잖아. 안 좋은 일은 어차피 안 좋아져.

언니는 모든 말에 그 오묘한 답을 내놓을 뿐이었다.

그 뒤로는 모든 게 같았다. 언니는 조용히 이따금, 때때로, 증발하는 사람처럼 굴었고 나와 우형은 입을 다물었다. 우리는 좋지 않았다. 그저 무언가 계속 굴절되고 있는 듯한 기분을 견뎌 내는 쪽에 시간을 더 쏟았다. 나는 그 일이 있고 난 이후에 배설하듯이 상담사에게 이런저런 지겨운 증상들이 따라붙는 것에 대해서 이야기했고, 그마저도 오래 하지는 않았다. 상담사는 마주하세요, 라는 뻔한 답만을 가져왔고 나는 매번 마주하고 있다고, 한 번도 그날에 대해 들여다보지 않은 날이 없었다고 응수하듯 말할 뿐이었다.

우리는 그대로였다. 우형은 애견용품 가게에 출근하고 나는 때때로 빈 화면 앞에 서 있었다. 잘되지 않았으니까.

\*

바탕화면 앞에는 진귀한 풍경 사진이 시간마다 변하고 있었다. 요즘은 보통 그것들을 보면서 시간을 때웠다. 그러다 에메랄드빛의 바닷가 풍경으로 바뀌었을 때쯤 나는 다시금 흰 화면을 켜고 고쳐 앉았다.

지난주에 왔던 독촉 메일에는 〈마지막〉이라는 단어와 〈무리라고 생각하신다면〉, 그리고 〈다음〉이라는 말이 정돈되어 쓰여 있었다. 종합하자면 이번 기한이 마지막이고 무리라고 생각하신다면 다음에, 라는 말이었다. 그러나 중요한 것은 마지막이었다. 아마도 이번이 마지막일 것 같았다. 나는 아무것도 쓰지 않았다. 쓰고 싶지 않았다. 쓰고 싶은 말이나 이야기가 없었다. 억지로 쥐어짠 말들을 쓰고 지우고를 반복했다. 그렇게 앉아서 간신히 써낸, 얼마 되지 않는 글들은 내가 썼지만 잘 이해가 되지 않았다. 나는 상담사의 말처럼 대부분 마주하면서 시간을 때웠다. 지나온 날들에 대해 떠올려보기. 그러나 지나온 날들은 여전히 문이 닫혀 있는 듯한 느낌이었다. 손에 잡히지 않는 기억들뿐이었다. 어딘가 조금씩 소실된 기억들. 그러니까 기억은 온전하지 않고 어떤 기분만이 남아, 기억이라고 불리기에는 애매한 기억들뿐이었다. 그 속에서 나는 이유를 알 수 없는 외로움을 느꼈다. 언제부터였을까. 무언가를 쓴다는 것이 그저 지겹다는 인상으로 남아 있었다.

건강한 새끼들이나 하는 건강한 짓거리.

나는 언젠가 소설 쓰는 일에 대해 우형에게 그렇게 말한 적 있었다. 매일 쓰고 쓰고 쓰고 또 쓰고 또 써내도 할 말이, 할 얘기가 넘쳐나는 건강하고 건강해서 아무것도 무서울 것이 없는 짓거리들. 할 얘기들이 너무 많아서 옆구리 터진 솜이불처럼 솜이 계속 삐질삐질 삐져나오듯 끊임없이 쏟아낼 수 있는, 그런 건강의 원천 같은. 그러니까 나는 안 건강하고 그 건강의 원천이 메말라서 더는 할 수 없는 그런 짓거리들.

나는 멈춰 있었다. 저는 애초에 그런 인간이 안 되는 것 같아요, 나는 나를 애석하게 바라보는 상담사 앞에서 이 말을 자주 뱉었다.

저는 애초에 안 되는 인간이에요. 그 정도밖에 쓸 수 없는 인간이에요. 그 정도밖에 생각할 줄 모르고요. 더는 쓸 말이, 할 얘기가 없어요. 지겹고 숨 막혀요.

무엇을 할 수 있을까. 무엇을 쓸 수 있을까.

그럼…… 차라리 소설이 아니라고 생각해 봐.

며칠째 책상에 앉아 있던 나에게 우형은 그렇게 말했다. 우형은 늘 착하고 단순했다. 소설을 쓰는 건데 소설이 아니라고 생각하면 어떻게 써.

착하고 단순한 우형은 나의 그런 점이 문제라고 생각했다.

원래 소설이 그런 거 아니야? 소설이라고 우기면 소설이 되는 거잖아.

나는 우형의 그 말도 맞다고 생각했다. 착하고 단순한 우형은 가끔, 아니 종종 나보다 나았다. 우형은 내가 쓰지 못한다는 것에 대해 쓰지 못한다는 생각을 하지 말라고 말했다. 어쩌면 이유가 없는데 이유를 찾으려고 해서 더 시간이 걸리는 건 아닐까, 라는 말도 했다.

나는 그때 우형에게

오,

라고 감탄하듯이 말했다.

근데 아예 망가진 거면 어떡하지?

뭐가?

그냥 내가.

어떤 이유로?

이유 없이 망가질 수도 있잖아. 정말 아무 이유 없이. 천천히 망가진 거면?

우형은 그 말에 대해서 미간을 찌푸린 채로 잠깐 아무 말도 하지 않았다.

천천히 망가진 거면 천천히 다시 그 이유를 찾아보면 될 거야. 있을 거야. 어딘가에는.

우형은 자못 진지한 표정을 지었다. 나는 그런 우형을 향해, 어딘가에 있는데?

하고 물었다. 그러자 우형은 고개를 갸웃거렸다.

그건 나야 모르지.

나는 실눈을 뜬 채 우형을 바라보았다. 머리가 자라 앞머리가 눈썹을 부드럽게 가린 우형의 얼굴이 눈에 들어왔다. 나는 우형의 얼굴을 잘 살폈다. 우형의 표정은 언젠가 한 번쯤 그 이유를 나 대신 찾아보려고 애써 본 표정 같았다.

너는 왜 반만 알려 주냐.

나는 그런 표정을 짓는 우형에게 일부러 그렇게 말했다. 우형은 미안하다는 듯이 나를 보며 웃었다. 미안할 것이 전혀 없는데도 웃는 우형을 보면 나는 아무도 모르게 우리가 아주 천천히 망가지고 있는 것일까 봐 괜히 조바심이 났다.

 흰 화면이 깜빡이다가 이내 검어졌다. 나는 검은 화면 앞에 그대로 좀 더 앉아 있었다. 독촉 메일에 〈마지막〉으로 힘을 써보았으나 〈무리〉라고 판단된다고 메일을 보내려고 하다가 말았다. 대면한 적 없는 편집자에게 구구절절 어떤 말이든 적어 내려가고 싶었으나 더한 진상으로 남고 싶지 않아 보내지 않았다. 나는 파일을 열어 보았다. 지난 소설들은 전부 삼 년 전 어느 여름에 멈춰 있었다.

 그해 여름에는 한 일이 많았다. 우형을 부모님에게 소개해 준 일, 작은 원룸에서 거실이 꽤 넓은 집으로 같이 이사한 일, 우형이 그토록 원하던 술 진열장을 조립해서 만들어 준 일, 배드민턴을 본격적으로 시작한 일, 몇 날 며칠을 일렉트로마트에서 살다시피 대단히 고심하다가 세일 쿠폰을 잔뜩 먹인 에어컨을 설치한 일, 오키나와의 모토부에 간 일 등등.

 그때 거기에 갔었구나.

 나는 그 말에 멈춰 있었다. 그랬었지, 참. 갑자기 묘한 괴리감이 들었다. 나는 책상 앞에 놓인 나와 우형의 사진을 바라보았다. 책상 앞의 나와 우형은 여전히 모토부에서 나하로 돌아오는 차 안에서 세상 모르게 자고 있었다. 이때 우형과 나는 행복했나. 즐거웠나. 나는 천천히 기억을 훑어 내려갔다. 어쩌면 나는 여전히 그 속에 있는 것 같았다.

마주하세요.

뭐를요?

마주해야 해요.

그러니까 뭐를요.

그래야 어떤 것이든 더 쓸 수 있을 거예요.

그걸 쓰고 나면요?

쓰고 나면 뭐가 남는데요.

…….

쓰고 나면 어떤 의미가 남는데요?

아마 천천히 앞으로 나아갈 수 있을 거예요.

앞으로 나아간다고요? ……저, 혼자만요?

나는 그때를 천천히 다시금 떠올렸다. 다다미방이 좋다며 맥주를 마실 때마다 한 손으로 다다미방을 쓸어 본 우형과 나. 그 방에서 나던 골풀 냄새와 알싸한 정종 냄새. 미닫이문에 기대 맥주를 홀짝거리던 언니와 그 옆에서 다 먹은 컵라면을 젓가락으로 휘휘 젓던 진호……. 진호에게서 생각이 멈추자, 언젠가 어색하게 웃어 보였던 진호의 얼굴이 머릿속을 가득 채우는 듯했다. 진호는 그때 어땠나. 진호는 웃고 있었나. 그때 우리는 어땠나. 우리는 행복했나. 지겹도록 마주한 장면과 질문들.

 나는 다시금 우형과 내가 자는 사진을 눈으로 뜯어보았다. 적어도 사진 속 우형과 나는 평온해 보였다. 나는 가만히 숨을 내쉬었다.

 세상 모르게 자더라고.

 언니의 목소리가 생생하게 들려오는 것만 같았다. 세상 모르게. 어쩌면 이런 게 문제였을지도 몰랐다. 아무것도 모른 채 자고 있었던 것들. 언젠가 자다가 깊게 한숨을 쉬던 소리를 무시했던 일들. 별일이 아닐 것이라고, 한편으로 일축하고 싶었던 마음들.

 그때의 기억들이 떠오르자, 숨이 턱턱 막혀 왔다. 나는 검은 화면 앞에 앉아 모자를 벗은 채 고개를 숙인 진호의 모습을 떠올렸다.

 왜 그랬어?

 진호의 짧은 머리칼이 손에 잡힐 듯 생생했다. 나는 왜 목 끝까지 차오른 그 말을 하지 못했을까.

 나는 빈 화면에 모토부, 라고 적기 시작했다. 네 시간을 앞아서 고작 꺼낸 말이 모토부였다. 어딘가 그 단어를 쓰고 나니 가슴이 따가웠다. 그때 그 일이 있고 난 이후로 이 단어를 바깥으로 꺼내는 것이 처음인 것 같았다. 화면에 흐리멍덩한 얼굴이 비쳤다. 나는 그 단어를 적고 한참 뒤에나 자리에서 일어날 수 있었다.

\*

아직 한낮이었고 커다란 적운이 떠 있었다. 영락없이 여름이 오는 소리가 들렸다. 우형은 가게로 점심을 먹자며 나를 불러냈다. 우형은 가끔 한가할 때면 나를 불러내곤 했다. 우형의 애견용품 가게는 우형스러웠다. 정리정돈이 칼같았고 먼지가 없었다. 언젠가 우형에게 강아지를 키운 적 없는, 애견용품만 파는 사장도 있을까? 라는 말에 우형은 너무 사랑하면 옆에 두기가 무서운 거야, 라는 소리를 했다.

없는 강아지를 너무 사랑할 수가 있어?

나는 되물었고,

우형은 나의 그 말에 이미 가슴이 미어지는 표정을 지었다.

너무 사랑하지. 생각만 해도 아플 정도로 사랑하지. 그래서 키우기가 무서워.

나는 그런 우형을 알 수 없었지만 그래서 오히려 좋아했다. 우형의 그런 마음을.

너무 사랑하면 옆에 두기 무섭다라, 우형은 가끔 나보다 더 소설가 같았다. 없는 것을 사랑하고 없는 것을 미워하고 없는 것을 겁내고…….

우형의 가게로 가는 내내, 쓸 수 없다고 생각하면서 걸었다. 그러곤 또다시 모토부를 떠올렸다. 그곳에서 보고 맡았던 바다 냄새 같은 것들까지. 나는 걸으며 모토부, 라는 단어를 일부러 소리 내어 말하기도 했다. 모토부, 모토부. 모토부는 모토부라고 발음할수록 여전히 어딘가 마음 한편이 요란스러워졌다.

나는 휴대폰을 꺼내서 이것저것을 뒤적거렸다. 그러다가 이내 한 영상에 멈추었다. 그 영상에는 요란한 사이렌 소리와 함께 누군가들의 모습이 담겨 있었다. 폐쇄 회로 안에 담긴 영상에는 누군가가 누군가의 발밑에 웅크리고 있는 모습이 보였다. 굵직한 헤드라인에는 집착과 사랑이라는 단어가 뒤섞여 있었다. 그 영상 밑에는 비슷하지만 다른 영상들이 줄을 이루었다. 나는 영상 밑에 담긴 댓글을 죽 읽어 보았다. 누군가의 잘못에 대한 말들이었다. 그 글들을 읽어 내려갈 때마다 피가 마르는 기분이 들었다.

피가 마른다.

나는 우형의 가게에 가면서 뜬금없이 그런 댓글을 달았고 그 댓글에는 삽시간에 뭐가? 뭔 개소리? 라는 댓글과 싫어요, 여섯 개가 찍혔다.

가게에 도착했을 때 우형은 묘한 표정을 짓는 나를 빤히 쳐다보았다. 그러곤 나를 이리저리 살피며 나의 알쏭달쏭한 표정을 읽으려고 했지만 잘 읽어 내지는 못했다.

\*

소설의 진척은 없었다. 머릿속에는 그저 모토부에 관한 생각만이 떠다니기 시작했다. 나는 며칠째 그 앞에 서 있었다. 그러다 문득 모토부에 관해 검색하기 시작했다. 모토부에 관한 검색어 중에서는 온순하고 따뜻한 말들이 뒤따랐다. 좋은 추억, 환상적인 경험, 최고의 기억, 잊지 못할! 같은 말들이 줄을 지었다. 그 말들을 읽을 때마다 운전석에 앉은 목이 가늘고 긴 진호의 모습이 눈앞에 아른거렸다. 파고가 없는 표정. 엔진 소리와 덜그럭거리는 캐리어 소리가 귓가에 들렸다.

나는 모토부, 라고 쓰인 빈 화면을 쳐다보았다. 모토부라고 쓰인 글자 옆에 커서가 깜빡였다. 그러다 연신 울리는 휴대폰을 무시하다가 이내 끌어와 열어 보았다. 휴대폰에는 언니에게서 메시지가 와 있었다. 벌써 토요일이구나. 언니가 보내온 메시지에는 감자가 덩어리져 들어간 닭볶음탕이 보였다. 언니가 만든 음식은 닭볶음탕이라기보다 감자볶음탕에 가까웠다. 언니는 어떤 말도 없이 그 사진만 달랑 보내왔다.

안 와서 슬프다느니, 이 음식을 다 어쩌냐느니, 자기는 감자를 별로 안 좋아해서 네가 먹어야 한다느니, 하는 말들도 없었다. 그래서 나는 더 알 수 없었다. 언니의 마음을. 어쩌면 알고 싶지 않았다.

나는 언니에게 어떤 답장도 보내지 않았다. 이번에도 원망이라도 담은 뻔한 말이라도 쏟아붓고 싶었지만 그러지 않았다. 언니를 생각하자, 몸에서 무언가 다시금 빠져나가는 듯한 기분이 들었다. 나는 그 기분을 가만히 느꼈다. 그러곤 그것이 마음 같다고 생각했다. 그런 게 자꾸만 빠져나가는 것 같다고. 언니를 향해서 무언가라도 해보고 싶은 마음 같은 것이. 그런 게 점점 사라진다고 생각하니 우습게도 조금 무섭기도 했다. 그 마음이 지금 남아 있기는 한가? 하는 생각도 들었다.

안 좋은 일은 좋아지지 않는다는 언니의 말이 맴돌았다. 그 말은 곱씹을수록 어딘가 마음이 놓이는 말 같았다. 그래서 그 말이 떠오를 때마다 다른 생각을 했다. 언니를 생각하면 뭐라도 쓰고 싶다는 생각이 들었다. 그러고 싶다. 정말 그렇게 하고 싶다.

건강한 사람이 되어서, 닥치는 대로 쓰고 쓰고 쓰고 또 쓰고. 건강하게. 존나게 건강하게.

나는 언니에게서 왔던 순돌이 사진을 다시금 켜보았다. 순돌이를 찍고 있는 유리창에 비친 언니의 모습이 어렴풋이 담겨 있었다. 단발머리의 언니는 웃고 있는 듯했다. 사진 속 언니는 좋아 보였다. 대출받아서 산 시골 촌집이 그렇게 좋은가. 아니면 순돌이가 그렇게 좋은가. 그도 아니면 이제 더는 괜찮은 척 같은 거 안 해도 되는, 아무도 없는, 그곳에서의 생활이 좋은가. 나는 잠깐 생각했다.

\*

나는 모토부 앞에 여전히 앉아 있었다. 그 생각은 하면 할수록 시간이 물 흐르듯 흘렀다. 우형은 그런 나를 저녁이 되어서야 집 밖으로 꺼내 왔다. 먹자골목 입구에 서 있던 우형은 추운지 후드 티의 모자를 뒤집어쓴 채였다. 아무렇게나 슬리퍼를 끌고 나온 우형은 걸어오는 꼴이 딱 공친 것 같다고 웃으면서 말했다. 우형의 손끝에서 비릿한 사료 냄새가 났다. 나는 우형의 손을 꼭 잡았다.

우리는 먹자골목으로 들어가 곱창에 소주와 맥주를 시켰다. 우형은 누구보다 꿀떡꿀떡 잘 마셨다. 우형은 오늘 있었던 일을 한참 떠들었다. 가게 앞에서 교통사고가 났다는 얘기부터 새로 들어온 노즈 워크 장난감, 개 고양이를 키우는 보호자에게 찾아보기 힘든 진상 손님과 애견용품을 고르면서도 동물 농장 유튜브를 보는 개 사랑꾼 손님까지. 나는 우형이 하는 말을 듣다가 실없이 웃었다. 우형은 그제야 내 표정을 살폈다.

정말 오늘도야? 오늘도 진짜 아무것도 안 썼어?

우형은 차가운 소맥을 비우더니 물었다.

그렇지는 않아.

나는 조금 뜸을 들이다가 말했다. 그 말에 우형은 놀란 눈으로 나를 바라보았다.

정말로? 그래도 뭐라도 썼어? 써졌어?

나는 고개를 끄덕였다.

뭐라고 썼는데?

우형이 물었다. 나는 우형의 붉어진 뺨을 잠시 쳐다보았다.

뭐라고 썼는데, 진짜 궁금해. 얼마 만이냐. 응? 맨날 죽상이더니. 그래도 좀 했네. 시작이 반이지, 그럼.

우형은 호들갑을 떨었다.

뭐라고 썼는데, 응?

모토부, 라고.

나는 대답했다.

뭐라고?

모토부. 기억 안 나? 우리 갔던 곳. 오키나와에서 언니랑 진호랑 우리 넷이.

우형의 표정이 천천히 굳어지는 것이 느껴졌다. 다만 슬퍼 보이지는 않았다.

그건 갑자기 왜?

그냥 썼어. 생각이 나서.

우형은 한참을 아무 말도 하지 않은 채 술을 연거푸 들이마셨다.

왜 썼는데?

말했잖아, 그냥 생각나서라고.

뭘 하려고?

우형이 다시금 물었다. 우형과 나 사이에 곱창이 지글지글 타들어 가고 있었다.

우리 그때 좋았었나? 딱 그때까지는 그랬었나.

나는 우형의 말에 뜬금없는 대답을 했다.

제대로 대답해. 뭘 하려고.

소설.

우형이 나를 빤히 보더니 고개를 숙였다.

무슨 말이야?

소설을 써야 한다고.

우형은 잠깐 동안 아무 말도 하지 않았다.

고개 숙인 우형의 얼굴이 점점 새빨갛게 달아오르는 게 보였다.

그 얘기를 굳이 왜 해야 하는 건데. 너는…… 그러니까 너는 소설이 그렇게 중요해?

우형이 물었다. 나는 알 수 없었다. 그렇기에 모르겠어, 라고 짧게 대답했다.

이기적으로 굴지 마.

뭐가.

이기적으로 굴지 마. 넌 어떻게 너만…….

우형아, 나는 좀 나아지고 싶어.

우형은 내 말에 아무런 대답도 하지 않았다.

\*

  우형이 신발에 발을 빠르게 욱여넣었다. 나는 이상하게 우형이 빨리 나가 주기를 기다렸다. 우형보다 먼저 일어나서 우형에게 잘 다녀오라고, 말한 적이 언제였더라. 내 말에 우형도 잘 기억나지 않는다고 말했다. 매일 자면서 인상을 쓰는 모습만 보고 밖으로 나간 기억이 더 많다고. 나는 우형에게 앞으로는 자주 출근 배웅을 해주겠다고 말했다. 지킬 수 없는 말인 걸 알았지만 우형이 웃었다. 그러나 그 표정이 어딘가 쓸쓸해 보였다. 우형은 어제 꺼낸 이야기를 다시 이어 가고 싶은 얼굴이었지만 이내 그만두는 것 같았다. 우형의 앞머리가 우형의 이마를 타고 흘러내렸다. 우형은 어떤 식으로 나아가고 있을까. 우형은 어떤 방식으로 건강할까. 우형도 나처럼 계속 뭉개지고 문드러지고 있을까. 나는 언젠가 내 소설을 읽던 우형의 얼굴을 떠올렸다.

  전부 슬픈 이야기들뿐이네.

  그렇게 말하던 축축한 목소리도.

  선생님, 아주 나중에 나만 빼고 다 병들어 있으면 저는 어떡하죠.

  언젠가 상담을 더 이상 오지 않기로 마음먹은 날, 꼭 한번 그 질문을 하고 싶었는데 나는 그 말을 뱉지 못했다.

*

 우형을 보내고 나는 다시 책상에 앉았다. 그러고는 SNS에서 누군가를 검색하기 시작했다. 나는 진호라는 이름을 여러 번 고쳐서 검색했다. 모토부라는 글자를 마주하고 나서부터 진호가 다시금 내 안에서 살아나는 것만 같았다. 나는 진호가 어떻게 살고 있는지, 어떤 표정으로 아니 어떤 얼굴로 살고 있을지 궁금했다. 그 얼굴을 다시금 바라봐야 할 것 같다는 생각이 들었다. 뜬금없이 그래야만, 꼭 그래야만 한다는 생각이 들었다. 그러나 다시 볼 일 없을 것으로 생각한 그 이름을 적을 때마다 가슴이 두근거렸다. 몇 번의 시도 끝에 진호를 찾을 수 있었다. 화면을 누를 때마다 손끝이 떨려 왔다.

 진호는 그때와 달라진 것이 별로 없는 모습이었다. 진호의 계정에는 여러 여행 사진이 즐비했다. 나는 천천히 스크롤을 내려서 사진을 하나하나 눈으로 담았다. 진호의 계정에는 여행에서 진정한 자유를 느낀다고 쓰여 있었다. 숨어 있던 진짜 나의 모습을 발견하게 된다고도. 진호의 계정을 볼수록 가슴이 조여 왔다. 잘못한 것이 없는데, 잘못을 저지르고 있는 듯한 기분도 들었다. 한쪽 눈에 이상하게 눈물이 고였다.

진호의 계정에는 두꺼운 패딩에 마스크를 쓴 채 설산을 오르는 사진과 얇은 민소매를 입은 채 맥주를 든 사진, 모래사막에서 슬라이딩하는 모습과 스노클링을 하면서 손으로 브이를 그리는 사진, 커다란 타워 아래에서 개미만 하게 찍힌 사진 등등, 다양한 나라와 도시에 대한 사진들이 즐비했다. 나는 진호의 사진들을 전부 끝까지 내려서 보았다. 모토부에 관한 사진은 없었다.

사진 속 진호는 건강하고 자신감 넘쳐 보였다. 꼭 내가 알던 사람과는 다른 사람처럼. 진호에게 여러 여행 정보를 물어보는 이들도 많았다. 진호는 그들에게 친절하게 답글을 달아 주었다. 친절한 진호. 여행을 좋아하는 진호. 건강한 진호.

나는 진호의 계정을 보다가 팔로잉 버튼을 눌렀다.

\*

편집자는 나에게 안부를 물어 왔다. 선생님, 잘 지내시죠? 원고의 진척 방향에 대해서 여쭙고자 연락드립니다. 나는 빈 화면을 보고는 다시 멍하게 휴대폰 속 그 글자들을 내려다보았다. 그러곤 잠시 후 편집자에게 열심히 쓰고 있다고 답장을 보냈다. 나는 한술 더 떠, 거의 다 마무리되어 간다고도 덧붙였다. 편집자는 다행이라는 듯, 몇 가지 안부를 묻고는 연락을 마무리했다. 편집자의 말들 속에서 조금의 안도가 느껴지는 듯했다. 그러나 한편으로는 의심하고 있다는 것을 아예 모르지는 않았다. 매번 직전에야 펑크를 내는 진상 이미지를 바꾸기에는 너무 많은 시간이 지나 있었다. 눈앞에 진호의 사진이 자꾸만 아른거렸다. 나는 앉아서 닥치는 대로 쓰기로 했다.

모토부,

라고 쓴 그 뒤의 말을 이을 차례였다. 나는 모토부라고 쓴 글 뒤로 진호에 대해서 쓰기 시작했다. 모토부에서의 여행길에 오른 진호에 대해. 그 여행과 그 이후에 대해. 텅 빈 시간에 대해.

모토부에서 진호는 운전석에 앉아 있었다, 로 시작한 문장은 계속해서 꼬리를 물었다.

\*

언니는 답장을 애초에 기다리지 않는 사람처럼 나에게 메시지를 보내왔다. 언니의 메시지는 전부 사진이었다. 물음이 없는 사진. 언니는 시골 촌집에서의 생활을 천천히 보내왔다.

언니의 생활이 묻어난 촌집은 생기 있어 보였다. 그 작은 집에서 기른 작은 농작물이나 채소는 올망졸망 그 크기를 키워 갔다. 언니는 주기마다 촌집에 대한 생활을 구석구석 보내왔다. 나는 사진으로도 언니의 생활을 볼 수 있었다. 마당 한구석에는 예초기와 간이 창고가 있었고 작은 자전거와 청소 도구가 비스듬히 누워 있었다. 순돌이는 미용을 하면 전혀 다른 강아지처럼 큰 눈을 자랑했다. 생닭처럼 털이 바짝 깎인 순돌이는 털로 덮였을 때와는 다르게 제법 아기 티가 났다. 정수리가 만질만질한 순돌이의 사진을 볼 때마다 언니가 순돌이를 얼마나 아끼는지 느껴졌다.

시골에서의 생활은 지루할 틈이 없어 보였다. 어느 날은 커다란 벌레와 뱀 사진을 보내오기도 했고 어느 날은 차를 타고 나가서 사 온 시장 떡볶이 사진을 보내오기도 했다. 그 떡볶이를 몰래 훔쳐 먹은 순돌이의 빨간 입가를 보고는 나는 깔깔 웃었다. 그 사진에 나도 모르게 답장할 뻔했지만 간신히 마음을 고쳤다. 언니에게 그동안 묻고 싶은 게 많았지만 그 어떤 것도 물어보지 않았다. 나는 언니가 언젠가처럼 다시 사라져 버릴 것으로 생각했다. 아무렇지 않게 평온하다가도 갑자기 흔적도 찾지 못하게 사라져 있겠지. 어디론가 사라져 버릴 수 있다는 생각을 하면 다시금 미운 마음이 되살아났다. 미워하기 위해 애쓰는 사람처럼.

\*

 소설을 다 쓰는 데까지는 며칠이 걸리지 않았다. 소설은 삽 시간에 쓰여 있었다. 나는 모토부와 진호에 대해 소설을 쭉 써 내려갔다. 소설은 진호와 언니에 대한 이야기로 가득했다. 소설에는 헤어지자는 말을 들은 진호가 이 층짜리 빌라 벽을 타고 들어와 명치와 얼굴을 가격한 얘기들도 있었다. 오키나와 모토부에서 언니는 무언가를 감추기 위해 부단히 노력하는 사람으로 그려졌다. 그리고 그 이후에도 노력하는 사람으로 남아 있었다. 그렇기에 그곳에서는 언니를 빼고는 모두가 행복하게 웃고 세상 모르게 잠에 빠져든다. 소설 속 진호는 아무런 처벌도 받지 않는다. 그 모든 건 자신이 잘못되었다는 언니의 말 때문이었다. 그를 지켜보는 이들은 피가 마른다. 피가 말라, 피가 마른다고. 언니는 그 얘기를 들으면서 입안의 살을 오물오물 씹는다. 언니는 도망가고 싶고 도망가고 싶고 도망가고 싶어진다. 잊을 만하면 고개를 들이미는 무언가 때문에 자꾸만 언니는 도망자 신세가 된다. 어째서 그렇게 가혹할 수 있는지, 언니는 누구에게라도 묻고 싶다. 하지만 언니는 끝내 그것을 이해하지 못할 것이라고 생각한다. 다만, 너무 많이는 아니고 조금만 슬퍼하고 싶다고 생각한다.

언니와 언니의 주변에 있는 사람들은 조금씩 망가진다. 그 시간 속에 멈춰 있다. 좋지 않은 일은 여전히 좋지 않은 일로 남아 있다. 그 사실은 변하지 않아서 온몸을 딱딱하게 만든다. 언니는 도망친다. 언니는 뭉개진다. 사람들은 뭉개진다. 상담사는 마주하라는 말을 남긴다. 마주하세요. 나아가세요. 그 말은 멈춰 있는 사람을 쓰게 한다. 나아가라고. 혼자만 건강하게 앉아서 쓰고 쓰고 또 쓰고……

\*

기다려 주셔서 감사합니다. 소설 원고를 편집자에게 넘기고는 감사하다는 말을 덧붙였다. 우형은 무언가를 토해 내는 것처럼 앉아 있는 나에게 아무런 말도 하지 않았다. 그 일에 대해 쓰는 거야? 어떻게 그렇게 이기적일 수가 있니? 어째서 너 혼자만……. 그 어떤 것도 묻지 않았지만 우형의 슬픈 표정에 그런 말들이 다 담겨 있었다. 우형의 슬픈 표정을 볼 때마다 우리가 천천히 망가지고 있다는 생각이 들었다.

다 이유가 있구나, 어딘가에는.

나는 그 이유가 온전히 나 같아서 슬펐다.

\*

 진호의 계정에는 새로운 사진들이 올라오지 않았다. 그전에는 하루에도 몇 번씩 올리던 게시물이 그대로 멈춰 있었다. 나는 진호가 궁금했다. 사람들도 마찬가지였다. 사람들은 오랫동안 게시물을 올리지 않는 진호가 어딘가 오지로 여행을 갔거나 아직 여행 중이라고 생각했다. 사람들은 답글로 진호의 안부를 물었다. 진호는 그 말에 답글을 달지 않았다. 나는 진호에게 묻고 싶었다.
 진호야, 잘 지내니.
 어느 날 새벽에 깨어서 나는 진호에게 그렇게 물었다. 안부처럼 보이는 그 문장을 쓰기까지 꽤 오랜 시간이 걸렸다.

\*

 소설의 반응은 미지근했다. 미지근하다기보다 별로였다. 무슨 말을 하고 싶은지 모르지만 읽고 나면 불쾌하다는 평도 있었다. 나는 그 평에 〈좋아요〉를 눌러 주었다. 맞는 말이었다. 나는 마감 기한을 지키지 못하는 진상에서 소설까지 못 쓰는 진상이 되었다. 그 사실을 우형에게 말하면서 나는 웃었다. 어딘가 가슴이 쓰렸는데 계속 웃음이 나왔다. 아마 우형도 매번 이런 기분이었으려나.

우형은 내 소설을 읽었는지 안 읽었는지 알 수 없었다. 어느 날 우형의 책상 위에서 보았던 계간지에서 우형은 내 소설을 찾아보았으려나. 진호와 언니를 그리고 나를 읽었으려나. 내 소설을 읽으면서 슬픈 표정을 짓는 우형을 생각하니 가슴이 아팠다.

이기적인 새끼.

웃는 나를 바라보는 우형의 눈에서 그런 말들이 읽혔다.

그렇게 보지 마.

나는 그럴 때마다 우형에게 말했다.

날 그렇게 보지 마, 우형아.

우형과 더러운 꼴을 보이며 헤어지고 싶지 않았다. 하지만 나는 아마도 우형과 망가질 대로 망가진 채로 헤어지게 되겠지.

\*

모토부에서, 라는 제목의 소설을 나는 다시 읽지는 않았다.

언젠가 그걸 다시 꺼내 읽는 순간이 올까. 잘 알 수 없었다. 그 소설을 쓰고 나서 이상하게 언제든 눈물을 펑펑 쏟을 수는 있었다. 그 눈물에는 감당할 수 없는 어떤 마음이 깃들어 있었다. 여러 가지 말이 따라붙겠지.

언니의 순돌이는 잘 컸다. 이제는 털을 빡빡 깎아도 아기 티가 나지 않는구나. 아기들은 정말 그때밖에 볼 수가 없구나. 언니는 얼마나 달라져 있을까. 언니는 그때보다 조금은 나아졌을까. 어떤 것들을 조금씩 삭혀 가며 괜찮아졌을까. 손톱만큼이라도 정말 그래졌을까.

나는 어디서든 엉엉 울었다. 산책을 하다가도 엉엉 우는 나를 우형은 매번 달래 주었다. 우형은 나에게 왜 우느냐고 묻지 않았다. 나 이제 소설 못 써. 재미없어서 사람들이 안 볼 거래. 돈 아까워서 안 볼 거래. 개 같아서 안 볼 거래. 뭣 같아서 안 볼 거래. 재수 없어서 안 볼 거래. 나는 일부러 그런 말을 해가면서 바보같이 눈물 콧물을 쏟아 가며 울었다. 우형은 그런 나를 가만히 바라보았다. 우형의 눈이 나보다 더 슬퍼 보였다.

\*

진호에게서는 답장이 오지 않았다. 나는 뜬금없이 새벽에 잠이 오지 않을 때면 진호의 계정으로 가서 메시지를 보냈다. 한마디를 적기에도 오래 걸렸던 시간이 이제는 어떤 말이든 마구 쏟아 낼 수 있는 마음이 되었다. 왜 그랬어, 나는 주로 진호에게 그렇게 물었다.

왜 그랬니. 왜 그래야 했니. 도대체 왜.

진호는 대답이 없었다. 아주 멀리 어딘가로 여행을 갔다가 돌아오지 않는 사람처럼.

언젠가는 너도 꼭 고통스럽길 바랄게.

그 메시지를 끝으로 나는 진호에게 아무런 말도 보내지 않았다.

*

언니는 매주 토요일이면 감자가 잔뜩 들어가고 닭이 조금 있는 감자볶음탕을 만들었다. 언니가 보내온 사진이나 영상에는 언니의 웃음소리가 섞여 있었다. 나는 언니가 가끔씩 보내온 그 사진을 볼 때마다 이건 해도 해도 너무 많이 들어간 것이 아닌가, 하는 같은 생각을 했다. 순돌이는 누구를 닮았는지 몸집은 큰데 다리가 짧고 꼬리가 길었다. 털이 자란 순돌이의 꼬리는 마치 갈대 같았다. 우형은 아침이면 애견용품

점에 출근하고 저녁이면 나를 집 밖으로 꺼내 주었다. 나는 여전히 대부분 바탕화면을 보면서 시간을 보냈다. 여전히 망가지고 있다는 생각을 버리지는 않은 채로. 나는 여전히 앉아 있었고 그 어딘가의 앞에 멈춰 있었다. 그 앞에서 너머의 것들을 자꾸만 마주하려고 했다. 쓰면 쓸수록 나아지는 것이 아니라 더 망가지고 있다는 것이 느껴질 때마다 어딘가 안심이 되었다. 어디까지 망가질 수 있으려나.

밖에는 따듯한 바람이 불고 있었다.

벌써 또 여름인가 보다.

거실 창을 열며 바람을 맞은 우형이 그렇게 말했고

그러네,

나는 대답했다. 흰 화면의 커서가 깜빡였다. 가만히 숨을 쉴 때마다 몸속 어딘가에서 실이 뚝뚝 끊기는 소리가 공명하게 들려왔다.

별 세 개가 떨어지다
김채원

종묘(種苗)원에서 돌아오는 길에 우연히 해가 저무는 것을 보았다. 해가 저무는 시간대를 확인하지 않고 해가 저무는 것을 보게 되었으니 분명 우연이라고 할 수 있었다. 혜임과 함께 걷고 있는 한적한 공원 길은 아직 잎을 떨구지 않은 나무들과 반쯤 잎을 떨군 나무들이 뒤섞여 있는 곳으로, 듬성듬성하게 그러나 길고 단단하게 뻗은 나뭇가지들 사이로 금방 어둑해진 저녁 하늘을 올려다보게도 되었다. 적지 않은 수의 나무가 이름표를 달고 있기도 했는데 한 그루씩 찾아 읽어 보면 대체로 소나무와 복자기나무와 모과나무였다. 물푸레나무가 있기도 했지만 어쩌다가 한 그루씩 보일 뿐 대체로 보였다고는 할 수 없었다.

「종묘원이 아닌데도 이름표가 붙어 있어.」

내 말에 혜임은 종묘원에 이름표가 붙은 나무가 있었나, 하고 내 대답을 들으려고 묻는 것인지 아니면 혼자서 생각해 보려는 것인지 모를 말투로 중얼거리곤 잠시 골똘해졌다.
　「종묘원에 이름표 붙은 나무는 없었잖아.」
　무언가 떠오른 표정으로 혜임이 말했다.
　「그런데 이름표가 붙어 있는 것 같았어. 할아버지 거라고.」
　꾸며 낸 말이 아니라는 것을 강조하기 위해 내가 양팔을 휘휘 저으며 말하자 혜임이 고개를 끄덕였다.
　「듣고 보니까 그렇긴 하다. 다 자기 거라고. 그치.」
　우리가 종묘원에 간 이유는 최근 소식이 뜸한 할아버지를 만나기 위해서였다. 좀 더 정확하게 말해야 한다면, 최근 소식이 뜸한 할아버지가 가장 아끼고 가꾸는 것이 무엇인지 보기 위해서였다. 나는 할아버지 큰딸의 아이였으므로 가계(家系)상 나에게 할아버지는 외할아버지였다. 혜임은 할아버지의 둘째 아들의 아이였으므로 혜임에게 할아버지는 친할아버지였는데 우리 둘 다 부를 때는 단순히 할아버지, 라고만 불렀기에 혜임과 나는 친척으로 보이기보다 어쩌면 나이대가 고만고만한 자매처럼 보일지도 몰랐다.
　나는 형제가 있으면 좋겠다는 생각을 해본 적은 없었지만 나와 동갑인 혜임이 내 언니이거나 동생이어도 괜찮을 것 같았다. 우리는 생김새가 비슷하지도 않고, 성격도 서로 조금씩 이상하다고만 생각하지 왜 그 모양이냐고 따져 묻거나 하지는 않으니까. 그래서 그게 뭐가 괜찮은 거냐고 누군가 묻는다면 막상 잘 대답하지는 못하겠지만 말이다. 그냥 그런 것 같아요, 라는 대답 말고는 아무 대답도 못 하겠지만 그냥 괜찮을 것 같아요. 우리는 이름이 한 글자 겹치기도 하니까요. 자매는 보통 그렇지 않나요?

쿵······.

「아야······.」

그때 내 머리 위로 둥근 모과나무 열매가 한 알 떨어졌다. 열매는 내 정수리에서부터 시작해 어깨와 손등을 치고 다시 한번 아래로 떨어졌다. 잡동사니가 모여 있는 내 머릿속의 한

곳을 두드려 보듯 쿵…… 하고 떨어진 다음에 벽돌이 깔린 공원 바닥에 데구루루 구르지도 않고 한 번 더 쿵…….

생각해 보면 쿵……보다는 툭, 에 가까운 소리였던 것 같다. 누군가 손에서 무심코 흘려 툭 떨어지는 소리, 그리고 마치 그렇게 떨어진 모양새였다. 나는 갑자기 머리를 맞은 탓에 조금 창피한 기분으로 괜히 위쪽을 둘러보았다.

「어느 나무에서 떨어진 거지?」

궁금하지도 않은 것을 괜히 물어보기도 하면서 그랬다.

「어느 나무면 어때, 어차피 떨어진 거야. 너 귀 빨개졌다.」

혜임은 휴대폰 플래시를 터뜨려 떨어진 모과 사진을 찍었다. 그러고는 자기가 찍은 사진을 보여 주었다. 노랗게 잘 익은 열매의 색이 선명했다. 나는 휴대폰 화면에 얼굴을 가까이 하고 자세히 사진을 들여다보았다. 혜임의 행동에 내 행동을 맞추는 것이었다. 이렇게 하면 다른 사람과 함께 있는 일이 종종 자연스럽고 안심이 되는 일인 것처럼 여겨지곤 했다. 매일은 아니고 종종 혹은 때때로. 보폭을 맞추어 걷는다. 무언가를 보여 주면 보고 말을 걸면 대답하고 웃어 주면 웃는다. 우하하. 그렇다고 해서 그렇게만 지내는 것은 또 아니다. 나는 상대방에게 먼저 말을 걸고 대답을 듣기도 한다. 억지로 웃은 날을 세어 보기도 하고, 하지 않아도 될 일을 하기도 하고, 끙끙거리고, 죽고 싶을 때 곧장 혀를 깨물고 죽는다거나 하지도 않는다. 못해요 나는 죽고 싶지 않아요 살 거면 살려고 노력해야 하고 나는 노력해요 그런 사람이 아닙니다 아니요 전혀 그런 사람이지만요. 나는 주로 이런 방식으로 이리저리 나를 다루었는데, 이것이 크게 나쁜 방법이라고 생각되지 않아서였다. 크게 좋은 방법도 아니겠지만.

    하지만 그게 어쨌다고? 내가 하고 싶은 이야기는 친척이나 자매에 관한 이야기도, 내 머리 위로 떨어진 모과나무 열매에 관한 이야기도 나의 창피함이나 나 자신을 다루는 방법에 관한 이야기도 아니다. 내가 하고 싶은 이야기는 단지 할아버지의 종묘원, 그러니까 할아버지가 홀로 가꾸고 있는 평범하게 수상쩍은 한 장소에 관한 이야기이다.

\*

    할아버지가 가족의 연락을 받지도 가족에게 연락을 하지도 않은 지 석 달 정도 지났을 무렵, 나는 할아버지가 갑작스럽게 돌아가셨을지도 모른다는 생각과 혼자서 뭘 그렇게 재미있게 하고 계신 걸까 궁금한 마음이 번갈아 오갔다. 돌아가셨을까? 그게 아니라면 연락이 되지 않을 만큼 재미있는 게 무엇일까?

이 문제로 엄마와 아빠와 친척들이 큰집에 모여 비교적 시간이 많은 나와 혜임이(나는 시험 준비를 한다고는 했으나 무늬만 재수생이었고 혜임은 고급 문구를 파는 가게의 주 3일 파트타임 아르바이트생이었다) 할아버지가 계신 곳으로 가보는 게 어떻겠느냐고, 어릴 적부터 너희를 유독 예뻐하셨으니 아무래도 그러는 것이 좋겠다고 결론을 지었다. 가서 할아버지의 기색을 살피고 조금 머물다가 다시 돌아오라고.

다들 할아버지가 돌아가셨을 거라는 예상은 염두에 두고 있지 않은 것 같았다. 어쩌면 그러고 싶지 않았거나. 혜임은 어땠는지 몰라도 나는 엄마에게 이것과 관련한 이야기를 들었을 때 풀고 있던 문제집의 한 귀퉁이를 접으며 응, 그러겠다고 말했다.

「다녀올게. 나도 할아버지가 혼자서 뭘 하고 계시는지 궁금해.」

할아버지가 있는 곳으로 가는 길은 어렵지 않았다. 기차를 한 번 타고, 넉넉잡아 두 시간 반 정도면 도착하는 거리였다. 역에서 내려 한참을 걸어가야 하긴 했지만 말이다. 근처 도심에서 먼저 내려 택시로 이동하는 방법도 있었지만 우리는 택시를 탈 돈으로 호두과자와 찐 감자와 탄산수를 사 먹기로 했다. 이따가 찐 감자에 설탕 말고 소금을 뿌려 먹자고 계획하는 사이에 기차가 출발했고, 혜임이 말을 덧붙였다.

「설탕은 너무 달아.」

「그야 그게 설탕이니까 그렇지.」

나는 오랜만에 타는 기차 안에서 금방 잠들었다가 내릴 역에 가까워질 때쯤 귀가 아파 잠에서 깼다. 혜임은 내가 잠들기 전까지 창가 자리에 앉아 바깥에 시선을 두고 있었는데, 내가 잠에서 깼을 때도 같은 자세로 바깥에 시선을 두고 있었다. 자신은 창문이 없는 지하 매장에서 일하기 때문에 창문을 통해 보는 풍경이 유독 귀하다고 하기에 내가 자리를 양보한 것이었다.

나는 혜임이 창문을 통해 바깥 풍경을 보는 모습을 지켜보았다. 끝이 많이 상한 혜임의 머리카락이 강한 햇빛에 닿을 때마다 노랗게 빛났다. 커다란 창을 통해 햇빛이 들어올 때 나는 빛을 노려보기 위해 눈을 크게 떴고, 혜임은 천천히 눈을 감았다. 나는 우리가 빛을 대하는 태도가 다르다는 것을 알았다. 어릴 때부터 그랬다. 어릴 때 혜임은 새 떼가 무서워서 자기 눈을 가리는 아이였고, 나는 새 떼가 무서워서 가까이 올까 봐 눈을 크게 뜨는 아이였다. 하지만 언젠가 내가 눈을 감고 혜임이 눈을 크게 뜨는 날도 있을 것이다. 햇빛을 노려보았을 때의 화끈거림을 혜임도 알게 될 것이다(그것은 단순히 햇빛의 열기 때문일까, 아니면 내가 보여지고 있다는 것에 대한 어쩔 도리 없음 때문일까?). 살아 있는 경우라면 누구라도 변덕을 부릴 수 있고 그래도 된다.

내릴 역을 지나치지 않고 무사히 내린 혜임과 나는 이른 월동 준비로 잘린 풀과 자질구레한 나뭇가지들을 밟으며 한참을 걸었다. 별다른 말 없이 전봇대 너머의 구름을 보기도 하고, 넓은 공터를 가로질러 좁다란 골목길, 텅 빈 아파트, 마호가니 의자, 그 의자에 앉아 보는 사람, 남의 집 과수원 옆을 지나가는 사람, 신발 밑창, 껌, GPS, 요요, 얼룩 조릿대잎을 보기도 했다. 생선 가게 수조의 보글거리는 물거품과 새어 나오는 담배 연기도. 그리고 이것들을 보느라 다른 것들은 못 보았다. 자연히 그렇게 되었다.

「여기였나?」

「여기다.」

우리는 초인종을 누르고 문이 열리기를 기다렸다. 이어서 문이 열리고, 역에서 산 호두과자와 찐 감자를 나눠 먹으며 찾아온 우리를 본 할아버지는 도리어 의아하다는 반응이었다.

「왜 온 거야? 연락도 없이. 그래도 사이좋게 잘 왔어. 못 본 사이에 둘 다 키가 좀 큰 것 같네!」

「얘나 저나 키 클 나이는 지났는걸요.」

「무슨 소리. 코하고 키는 죽을 때까지 자라는 거야.」

「그런가? 아무튼 저는 할아버지가 돌아가신 줄 알았어요. 아니면 혼자서 재미있는 것을 하고 있거나요.」

「둘 다야. 나는 오래전에 죽었고 혼자서 재미있는 걸 하고 있어.」

할아버지의 말은 절반은 농담이었겠지만 그만큼 절반은 농담이 아니었다. 할아버지는 죽음에 가까운 상태를 경험한 적이 있으니까. 나로서는 태어나기도 전의 일이어서, 실제로 목격하지는 못하고 몇 번 나누어 전해 듣기만 한 이야기였다. 할아버지의 아버지인 증조할아버지가 전쟁 중에 두 번째 아내와 떨어져 어린 할아버지와 함께 피난을 갔다가 휴전이 되어 집에 돌아오니 다 타고 재만 남았더라는 이야기. 그것을 본 뒤로 허망함에 시름시름 앓다가 스스로 목숨을 끊었다는 이야기. 증조할아버지가 목숨을 끊은 것을 발견한 어린 할아버지가 어른들에게 도움을 요청하고 장례를 치르고 나서야 깊이 잠들 듯 쓰러졌다는 이야기. 그리고 깨어난 그날부터 지금까지 목숨을 지키며 씩씩하게 살고 계신다는 이야기. 그러니까 겨우 일부분만 알 수 있는, 줄거리와 같은 이야기들이었다. 하지만 나는 계속 나였기 때문에, 비록 줄거리뿐인 이야기라고 해도, 자기 인생을 버린 사람과 버리지 않은 사람의 이야기를 계속해서 듣고 싶었다.

「다행이지.」

「다행이야.」

「다행이기는 하지만…….」

당시에 나는 증조할아버지의 자살을 비겁하다고 흉보았다가 크게 혼이 나기도 했었다.

「말을 그렇게 하면 안 되지.」

그날 나에게 그 말을 한 게 아빠였는지 엄마였는지는 잘 기억나지 않는다. 나도 입장이란 게 있었으니 우선 혼나는 게 분해서 기억나지 않는 것일 수도 있다. 나는 할아버지의 편에 서서 증조할아버지를 흉보았지만 원망할 곳도 없이 자신이 일군 것을 전부 잃게 된 그의 뒷모습과 그가 마지막으로 들었을 자신의 숨소리, 살고 싶었을 가능성, 그리고 눈 내리던 밤, 임시로 얻은 낡은 집 안에 자살한 아버지를 두고 바깥으로 나와 도움을 요청했을 어린 할아버지의 작은 손을 상상해 떠올려 볼 때면 마음이 차고 쓸쓸해졌다.

「그래서 혼자 뭘 하고 계시는데요?」

혜임이 다 먹은 호두과자 봉투를 반으로 접으며 할아버지에게 물었다.

「식물들을 기르고 있어. 이번에야말로 제대로 번성해 눈에 띄었을 텐데…… 올 때 방향이 달랐으면 못 봤겠구나. 이따가 보여 줄게. 저기, 저쪽으로 걸어가면 있어.」

「지금 보면 안 돼요?」

「이따가 보는 게 좋을 거야. 내가 기르는 식물들은 아침잠이 많아서 주로 정오에 깨어나거든. 이렇게 잎을 쭉 펴고.」

「팔을 펴듯이요?」

「그래, 이렇게. 정말로 쭉 펴고.」

그런 말이 오가고 나서야 할아버지는 우리를 계속 현관에 세워 두고 있었다는 것을 깨닫고 어서 안으로 들어오라며 손짓했다. 안으로 들어서자 감귤 계열의 방향제 냄새와 세탁 세제 냄새, 파스 냄새가 났다. 하지만 그와 같은 냄새들을 덮어 버리는 오래된 목조 주택의 달짝지근하고 습한 비린내 때문에 숨쉬기가 힘들었다. 오이 냄새와 비슷한 물기 어린 냄새였다. 나는 입으로 숨을 들이마시고 내쉬면서 혜임은 어떠한지 물어보려다가 아참, 엄마에게 먼저 문자를 보냈다.

— 할아버지 아무 일 없음.

— 식물 기르는 일에 재미를 보는 중이라고 하심. 그 식물들은 아직 못 봄.

— 하지만 곧 볼 것임.

―두 밤 자고 올라가겠음!

답장은 금방 왔다.

―알겠음!

답장이 짧은 것으로 보아 엄마는 마음이 놓인 것 같았다. 한 밤과 한 낮과 한 밤을 보내면 두 밤. 나는 엄마에게 해둘 말이 있나 싶어 잠시 고민하다가 그다지 없어 휴대폰을 가방 안에 넣었다. 어느샌가 숨쉬기가 편해졌다는 것을 깨닫고 주방으로 가서 혜임과 함께 할아버지가 상을 차리는 것을 도왔다. 행주로 상을 깨끗하게 닦고, 밥과 국과 반찬을 든든히 먹은 뒤에 커피도 마시고 김부각도 몇 개 얻어먹고 졸기도 하다가 이제 가볼까, 하는 할아버지의 말을 따라 종묘원으로 향했다.

줄곧 청명한 날씨였다. 가을이어서 하늘이 더 높게 보였다. 가는 도중에 할아버지의 이웃을 만나 악수도 했다. 왜 악수를 했는지는 모르겠다. 어른이 한 손을 내밀기에 나도 공손히 한 손으로 잡았다. 이후에 할아버지에게 듣기로 그 이웃은 취미로 산수화를 그리며 사는 부자인데, 할아버지에게 초목에 관한 정보를 많이 주었다고 했다. 알고 있는 것이 많아서인지 한 대롱의 붓으로 산과 물이 있는 풍경을 단번에 그려 낸다고.

그 말을 들으며 대단하다, 신기하다, 그런데 알고 있는 게 많은 것과 그림 실력이 연관이 있을까요, 하며 손으로 날벌레도 내쫓고…… 어째서인지 몸과 마음이 정체 모르게 분주한 채로 걸었다. 아무 데도 갈 생각을 하지 않는 식물들을 떠올리면서. 조금은 신나면서. 무엇을 보게 될지 잘 몰라서.

「여기예요?」

「여기야.」

종묘원은 반원형의 이글루 모양이었다. 가장자리에 자란 잡초를 보았을 때 어림잡아 모양을 짐작해 볼 수 있었다. 잡초는 바깥 방향으로 향할수록 무성했다. 담장 너머까지 이어질지는 알 수 없었다. 위쪽에 둥근 유리 지붕을 얹거나 하지는 않아 건축된 온실 같은 곳이라기보다는 작은 야생 숲처럼 보이는 곳이었다. 트일 수 있을 만큼 트인 곳이었다. 할아버지의 말대로 나무와 식물 들이 울창하게 자라 정오의 햇빛과는 대비되는, 그늘이 짙게 드리운 부분이 곳곳에 차고 넘치도록 있었다. 조화롭다고는 할 수 없었지만 부채처럼 넓게 잎을 펼친 키 큰 식물들이 강인하고 건강해 보였다. 여름이 아닌데도 이렇게 잎이 푸를 수 있구나. 이곳이라면 크나큰 잎사귀 아래 어디에든 숨을 수 있을 것 같았다. 어쩌면 할아버지는 식물을 기르고 있는 것이 아니라 자신이 숨을 그늘을 만드는 일에 몰두했던 것이 아닌가 싶었다.

나는 할아버지가 정성껏 가꾼 이곳이 몹시 좋았다. 몸을 앞으로 뒤로 흔들흔들 움직이며 그늘에 숨어 있는 일은 항상 좋으니까. 하지만 그늘에 너무 오랫동안 숨어 있는 것은 좋지 않다. 사람은 머리에 햇빛을 쏘여야 건망증이 생기기도 하는데, 이처럼 견고한 그늘에 매일같이 숨어 있는다면 겪은 일을 아무것도 까먹지 못하고 영원히 기억하게 될 수도 있으니까.

아무튼 그 발은 갑자기 나타났는데, 아무래도 할아버지가 그를 아주 깊이 묻지는 않았기 때문인 것 같았다.

「할아버지.」

나는 그 발로부터 약간 옆으로 비켜나 할아버지를 불렀다. 할아버지는 식물들에 가려져 보이지 않았다.

「할아버지, 여기 발이 있어요.」

내 말을 들은 혜임이 잎사귀들 틈새로 고개를 빼내어 얼굴을 보였다.

「발이 있다고?」

「응. 발이 있어. 이쪽으로 와봐.」

「이쪽이 어딘지 모르겠어.」

「이쪽이야, 이쪽.」

「발이 있을 거야. 그저께 거기에 사람을 묻었거든.」

할아버지가 성큼 나타나 내가 있는 쪽으로 걸어오며 말

했다.

「할아버지가 죽이고서요?」

「당연히 아니지. 나는 사람을 죽일 줄 몰라. 그런 건 시켜도 못 해. 하지만 죽은 사람을 묻는 것 정도는 할 수 있지 뭐야.」

「큰일이네. 할아버지 잡혀가면 어떡하지.」

혜임이 침착하게 걱정하는 투로 중얼거리자 할아버지는 으음, 하고 어째서인지 그럴 일은 없을 것 같다고 말했다.

「그게 말이야. 이 사람, 죽어도 너무 죽은 거야. 그게 참 이상했어. 죽어도 너무 죽었다는 느낌이.」

그 말을 할 때 할아버지는 무표정한 얼굴이었고, 혼자 있는 사람 같았다. 할아버지의 말을 듣는 사람이 아무도 없는 것 같았다. 나와 혜임은 그런 할아버지를 마주 보고 서서, 할아버지의 말을 듣고, 흙 바깥으로 나와 있는 누군가의 두 발을 내려다보았다. 몸이 조금 떨렸다. 겁내지 마, 살아 있지 않은 거야, 하고 스스로에게 말해 줄 만한 용기가 없었다. 떨고 싶지 않았는데 뜻대로 안 되었다.

「발을 마저 묻어 줄까요?」

내가 물었다.

「그래야지. 안 그러면 후회할 거야.」

할아버지가 대답했다.

우리 세 사람은 한 삽 한 삽 구덩이를 파고, 바깥으로 나와 있는 두 발을 마저 넣은 뒤 뜨겁게 태운 흙을 식혀서 다독여 덮었다.

*

잘 시간이 되어 집 안의 모든 불을 껐는데도 잠이 오지 않았다. 할아버지와 혜임은 잘 잤고, 괜한 꿈에 시달리는 것 같지도 않았다. 가끔 할아버지가 기침하는 소리가 들렸다. 나는 거실 바닥에 깔아 둔 푹신한 이불 위에 누워 밤을 꼬박 새웠다. 할아버지를 변호할 여러 말을 생각해 보았다. 질문이랄 것 없이 대답만을 이어 나갔다. 마음만 먹으면 계속해서 이어 나갈 수도 있을 혼잣말이었다.

그 남자가 누구고 어떻게 이곳에 왔는지 할아버지도 알 수 없었을 거예요. 옷을 하나도 입지 않은 채로 죽어 있었다고 했어요. 신발도 가지런히 벗어 둔 채였고 온몸에 상흔이 있었는데 손목을 제외하고는 심한 정도는 아니었다고 했어요. 아마도 망설였던 자국들이겠죠. 살해당한 것으로 보이진 않았다고 했거든요. 사람은 어렵게 죽으니까요. 제 생각은 그래요. 이게 사실인지 아닌지는 몰라요. 자기가 죽은 모습을 보이고 싶은 사람이 어디 있겠어요? 저도 그건 싫은데요. 누가 숨겨 주면 좋겠어요.

그렇죠. 발견되기를 바랄 수도 있겠네요. 그래도 저는 누가 숨겨 주면 좋겠어요.

아니요. 발을 직접 만져 보지는 않았어요. 예의가 아니라고 생각했어요.

이 일을 아는 사람은 저를 포함해서 세 명뿐이에요. 죽은 영혼까지 포함하면 네 명이고요. 모두 그저 거기에 있었어요. 실제로 일어난 일이에요.

할아버지가 왜 그랬는지 짐작할 수 있겠냐고요? 그건 할아버지에게 물어봐야 하겠죠. 저는 할아버지가 아닌데요. 할아버지는 그렇게 하지 않으면 자신이 후회할 거라고 했어요. 할아버지는 이전에 딱 한 번 시체를 수습해야 했는데 너무 어려서 어른들에게 도움을 받았죠. 목매달아 매달려 있는 모습을 어른들이 다 보았겠죠. 서로 원하지 않았어도요. 말하다 보니까 할아버지가 왜 그랬는지 알 것도 같아요. 별로 말하고 싶진 않지만요.

아니다, 잘 모르겠다. 어쩌면요.

할아버지가 그 남자를 죽였을 리는 없어요. 만약 할아버지가 그럴 수 있었다면 오래전에 자기 자신을 죽일 수도 있었을 거예요.

무슨 냄새가 났더라? 이상한 냄새 같은 건 안 났어요. 잎과 줄기 냄새, 할아버지가 최근에 옮겨 심었다는 노송나무 냄새와 나무껍질 냄새, 물 냄새, 거름 냄새 등등이 났고…… 아무튼 좋은 날의 냄새가 났어요. 키 높은 나무들이 서 있는 사이에서요. 정말로 그랬어요.

혹시 참깨도 식물인 거 아세요? 몰랐는데 할아버지가 알려줬어요. 제가 도움이 되는 말만 해야 하는 것은 아니잖아요. 우리가 먹는 참깨는 참깨 식물의 열매예요.

오후 3시요.

할아버지의 유년 시절에 대해서는 제가 알 수 있는 게 딱히 없죠. 제가 태어났을 때 할아버지는 이미 한참 할아버지였어요. 할아버지는 손주들이 태어날 때마다 잘 태어났다, 말하며 머리를 크게 쓰다듬어 주시는 분이고요. 그런 말을 하는 사람이니 평범한 사람은 아니죠. 할아버지에게는 저도 잘 태어난 아이였고, 저는 할아버지가 누구를 죽였든 죽이지 않았든 묻었든 뭐든 잘못했다고 생각하지 않아요. 맹목적이라는 말은 무슨 말인지 못 알아듣겠어요. 머리가 나빠서긴요. 저는 그냥 편을 들어 주려는 거예요.

\*

한 밤이 지나고 곧 아침이었다. 나는 아직 잠들어 있을, 아침잠이 많은 식물들을 보기 위해 찬물을 챙겨 혼자 집을 나섰다. 다시 한번 거기에 있고 싶었다. 이번에는 걸어서 가지 않고 할아버지의 자전거를 몰래 타고 갔다. 길은 거의 비어 있었다. 안개가 끼어 저 멀리까지 보이지는 않았다. 하지만 가까이에 있는 것들은 잘 보였다. 흐릿한 새벽 풍경이 뺨을 스치며 빠르게 뒤로 밀려났다. 내가 나아갔다.

나아가면서, 죽은 남자가 깨어나 나와 함께 종묘원을 산책할 수 있을지도 모른다고 생각했다. 그런 일이 일어나지 않을 것을 잘 알기에 그런 생각을 할 수 있었는데, 내 예상을 배반하고 정말로 그런 일이 일어난다면, 그를 보려고 간 것은 아니지만, 종묘원의 흙을 한 움큼 집어 그에게 보여 주고 싶었다. 이런. 그쪽은 죽어서도 여기에 있네요. 보세요. 그쪽이 이 아래에 묻혀 있었어요. 기억하세요? 우리가 깨끗하게 흙을 태우고 식힌 뒤에 덮어 주었어요. 우리한테 고맙겠다. 고마우면 고맙다고 말하세요.

같은 길을 세 번이나 돌고 나서야 종묘원에 도착했다. 나무도 식물도 모두 조용했다. 죽은 남자도 되살아나지 않고 묻힌 채로 조용히 있었다. 콧물을 훌쩍이며 소리를 내는 건 나뿐이었다. 나는 혼자 산책했다. 산책하면서, 땅에 묻혀 있는 남자를 방해하지 않기 위해 발소리를 내지 않으려고 노력했다. 그리고 묻은 자리 근처에는 가지 않았다. 잘못하면 얼굴 뼈를 밟을 수도 있으니까. 시체를 묻은 자리를 중심으로 두고 멀찍이 떨어져서 맴돌기만 했다. 그러다가 나도 신발을 벗고 땅에 드러누워 보았다. 숨을 쉬었다. 자갈이 섞인 흙 위로 머리를 누이고 있어도 아프지 않았다. 아무도 없이, 나도 없이. 나는 커다란 잎사귀 아래에 숨어 그런 생각을 했다. 만약 내 손에 녹음기가 쥐어져 있었다면 그늘이 고일 때 들리는 웅성거림이나 진딧물이 움직이는 소리, 안이 텅 비어 있는 줄기가 바람을 맞아 울리는 소리를 녹음해 볼 수도 있었을 것이다. 그러나 내 귀에 들리는 소리는 다만 쉬이, 쉬이, 하고 잠재우듯 불어오는 바람 소리였다.

나뭇잎들이 바람을 맞아 흔들거렸다. 수천 개의 잎이 흔들거리는 속에서 새벽하늘에 뜬 별들이 잠깐 보였다가 잎에 가려졌다가 했다. 그 한계 속에서, 가장 밝은 두 별이 마치 반짝이는 두 눈처럼 보였다. 식물들을 제외한다면 나는 죽은 남자와 단둘이 있는 셈이었다. 하지만 과연 식물들을 없다고 생각할 수 있는 걸까? 그는 어떤 사람이었을까? 하는 궁금증은 왜 생기지 않는 걸까? 궁금할 법도 한데 그렇지가 않았다. 그보다는 내 몸 위로 자기 몸만 한 무늬의 그늘을 드리우는 잎사귀들, 곤히 잠들어 있는 식물들에게 궁금한 것이 있었다. 하루 종일 무엇을 하며 시간을 보내는지. 자신이 어떻게 이곳에 머물고 있는지 아는지. 꽃을 피우거나 열매를 맺을 때 줄기가 아프거나 하지는 않는지. 기분에 따라 잎을 떨구거나 흡족하게 펼치기도 하는지. 아니면 식물에게 그런 건 조금도 상관없는 것인지. 누군가 너희를 좋아하면 좋아한다는 게 느껴지는지. 관심을 기울이면 말할 수도 있는지. 말하고, 웃고, 움직이며 오랫동안 살 수 있는지.

「왠지 그럴 것 같아.」

나는 중얼거렸다. 그럴듯한 생각이야. 나 자신도 이해하려고 들지는 않겠지만……. 나는 이곳에서 혼자 질문하고 대답을 듣지 못하는 일이 식물들의 대단한 호의 덕분인 것처럼 느껴졌다. 그런 호의를 받지 않아도, 이곳을 벗어나면 모두 없던 일이 될 것인데도 그랬다.

머리에 묻은 흙을 털고 누운 자리에서 그만 일어났다. 아침 해가 서서히 뜨고 있었다. 나는 어쩐지 몽롱한 상태로 다시 할아버지와 혜임이 있는 집으로 돌아갔다. 해가 뜨는 방향으로 걸어야 했기에 돌아가는 내내 눈이 부셨다. 총천연색 태양, 한 모금의 물, 과장되지 않게 나타나는 자연의 기척들. 말하고, 웃고, 움직이며 오랫동안 살 수 있는지.

「자전거는 어디에 두고 왔어?」

할아버지가 물었을 때 나는 내가 몰래 타고 간 자전거를 종묘원에 두고 왔다는 것을 깨달았다.

「괜찮아. 이따가 가서 할 일이 많아. 돌아오는 길에 내가 타고 오면 돼.」

할아버지가 말했다.

「저희도 같이 가서 도울게요.」

혜임이 말하자, 할아버지는 잠이 덜 깬 두 눈을 아무렇게나 비비고서 기지개를 켰다.

「그래 주면 고맙지. 그리고 너희는 내일 올라가는 거다.」

「안 그래도 그러려고 했어요.」

「혼자 있고 싶으세요?」

「그럼, 이래서는 영 조용하지가 않잖아.」

「저희 조용히 있었는데요.」

「아예 없는 것보다야 시끄럽지.」

맞는 말이었기에 나는 조금 의기소침해졌다.

「그 일을 들키면 할아버지가 미친 사람이라고 소문날지도 몰라요.」

「그러라지. 오늘은 너희가 내 일을 좀 도와라. 하루 종일 말이야.」

그것은 할아버지가 우리에게 하루 종일 일을 시키려 한다기보다는, 종묘원에서 하루 종일 머물 수 있게 허락해 주는 것일 수도 있었다.

「하지만 그 이상은 안 된다. 나는 혼자 있을 거야.」

할아버지의 일을 도우러 나가기 전에 혜임과 나는 각자 몸을 씻고 머리를 말렸다. 그러고는 나란히 소파에 앉아 TV를 보았다. 지방에서만 볼 수 있는 지역 방송을 틀어 보았다. 아침 뉴스가 끝나고 〈유령에게는 좋은 틈이 있어〉라는 제목의 연속극이 시작되었다. 무엇이 유령이고 무엇이 틈인지 아니면 그냥 그 무엇도 아니고 단지 등장인물의 이름으로서만 그렇게 지어 둔 것인지 내용을 몰라 그들의 연기를 지켜볼 뿐이었다. 어찌 되었든 그들은 안색이 좋았고 부지런했다. 화면이 바뀔 때마다 의욕이 넘쳤고, 분주했고, 가만히 서 있기만 하는 사람이 나오거나 같은 말만 되풀이하는 사람이 나오는 법도 없었다. 그렇다고 해서 무턱대고 희망적인 분위기도 아닌 점이 재미있기도 했다. 그들의 부드러운 낯빛과 분주함은 어쩐지 즐거워 보이면서도 울적했다. 그래서 상태가 더 나빠 보이기도 했고, 어떻게 봐야 하는지 헷갈렸다.

「무슨 내용인지 모르겠어.」

「보다 보면 알게 될걸.」

혜임이 TV 화면에서 눈을 떼지 않고 말했다.

「그런가?」

「나는 모든 이야기가 그런 것 같아. 처음부터 보지 않아도 보다 보면 알게 되는 거.」

나는 혜임의 말에 동의하면서도 어떤 것은 처음부터 보고 들어도, 겪어도, 전혀 알게 되지 않는다고 생각했다. 모든 게 이런 식이야, 하고 생각해 버릴 수 없는 예외들이 있다고 말이다. 혜임도 그것을 모르지는 않을 것이고, 다만 지금은 자기가 말한 것을 말한 대로 믿고 싶은 것 같았다.

「맞아. 그런 것 같아, 나도.」

「매번 그렇게 비슷하게 대답하지 않아도 되잖아.」

혜임이 웃으며 나를 보았다.

「아니야. 정말로 그런 것 같다고 생각했어.」

우리는 〈유령에게는 좋은 틈이 있어〉를 계속 보았다. 유령은 이름이 유령이 아니라 정말로 유령이 맞았고, 더 일찍 죽은 아기 유령들을 강가에 데려가 자기 갈 길을 가도록 놔주고 돌아오는 일을 하고 있었다.

「아까는 가서 뭐 했어?」

종묘원에 가서 혼자 무얼 했느냐는 혜임의 물음에 나는 가서 산책도 하고 땅에 누워 있었다고, 맨발로 드러누워서 그냥 가만히 있었다고 대답했다. 그런데 이따가 감기에 걸릴 것도 같다고, 땅이 분명 차가웠는데 막상 거기서는 차갑다고 느끼지 못했다고도.

「돌아오고 보니까 땅이 차가웠던 게 기억나면서 몸이 으슬으슬 추워져.」

그때 면도를 하고 나와 식탁 의자에 젖은 수건을 걸어 두던 할아버지가 내 말을 듣고 에구, 따뜻하게 데운 보리차와 납작하게 말린 생강을 챙겨 주었다. 생강은 별로 먹고 싶지 않았다……. 하지만 위에 설탕이 발라져 있어 생각보다는 먹을 만했다. 설탕이 자꾸 잇몸에 달라붙어 혀로 떼어 내기가 쉽지 않았다.

「요령 피우지 말고 끝까지 다 먹어. 공부해야 하는데 감기 걸리면 고생해. 요즘 감기는 기침이 떨어지지를 않는다.」

우리는 어제 먹은 것과 비슷한 밥과 국과 반찬을 아침으로 챙겨 먹고 점심에 나눠 먹을 유부초밥과 사과, 고추냉이 맛 완두콩 과자, 견과류, 물과 커피를 챙겨 집을 나섰다. 셋이 먹을 양이어서 가방의 무게가 꽤 나갔다. 등 뒤로 현관 도어 록이 잠기는 소리가 들리고, 혜임과 나는 가방 손잡이를 한쪽씩 잡고 걸었다. 혜임이 왼쪽 손잡이를, 내가 오른쪽 손잡이를 잡았다(할아버지는 수건만 챙겼다!). 혜임의 손톱에 상아색 매니큐어가 칠해져 있는 것이 보였다.

「그거 잘못하면 벗겨질 것 같아.」

내가 말하자, 혜임이 자기 손톱을 내려다보며 그럼 다시 칠하면 돼, 하고 말했다.

「다시?」

「다시.」

무언가를 다시 할 수 있다는 말이 언제나처럼 나를 기분 좋게 했다. 그리고 언제나처럼 슬프게 했다.

\*

「이 남자, 옹이 귀신이 될 수도 있어.」

「옹이 귀신이 뭐야?」

「나무가 있는 곳에서 머무는 귀신이야. 유령하고는 다른 거야.」

「그거 괜찮겠다. 그러고 싶다면.」

「그러고 싶다고 해서 되는 게 아니야.」

「그것도 괜찮겠다.」

\*

「너희 그만 놀고 와서 이것 좀 도와라.」

나와 혜임은 전지가위를 들고 일을 돕기도 하다가, 시체가 묻힌 자리를 조심스럽게 들여다보기도 하다가, 커다란 잎을 구부려 할아버지의 눈을 피해 걷기도 하면서 시간을 보냈다. 할아버지는 땀을 흘리며 토양을 고르게 섞는 데 집중하고 있었다. 할아버지가 손을 움직일 때마다 축축한 흙냄새와 나무뿌리 냄새가 났다. 고개 숙인 할아버지의 얼굴이 반쯤은 비스듬히 빛 아래에, 그리고 반쯤은 그늘에 속해 있었다. 우리 세 사람은 이곳에서 해가 저물 때까지 있었다. 어떻게 그럴 수가 있었을까? 싶으면서도 그럴 수가 있었다. 떨어진 마른 잎사귀들을 한쪽으로 쓸어 담고 이름 모를 열매를 밟으면서. 챙겨 온 점심을 같이 나눠 먹고 농담도 하면서. 푸르스름한 돌을 주워 반질반질해질 때까지 손으로 이끼를 닦아 내면서. 사방으로 뻗어 있는 가지들을 내 생각처럼 올려다보면서.

해가 저물기 시작하자 멀리 서 있는 가로등에 하나둘 불이 켜졌다. 불빛이 우리가 있는 곳까지 제대로 번지지는 않았지만 아주 캄캄한 것은 또 아니어서 긴장하지 않고 충분히 움직일 수 있었다. 할아버지는 아마도 이 시간대쯤이었다고 말했다. 그가 이곳에 와서 죽어 있었던 것이 아마도 이 시간대쯤이었다고.

「처음에는 얼굴을 못 봤어. 엎어져 있었거든.」

할아버지는 나와 다르게 그에게 궁금한 것이 있었는데, 그것은 어차피 영원하지 않을 몸을 어째서 그렇게 하루아침에 훼손하여 매듭지을 수 있는지에 대해서였다. 그리고 그 자신이라고 해서 그걸 알 수 있었을지는 잘 모르겠다고도 덧붙였다. 나는 할아버지의 목소리로 듣게 된 매듭이라는 단어에 대해, 누군가 매듭을 짓는다는 행위에 대해 생각해 보았다. 매듭지었다고 볼 수 있는지 잘 모르겠다고도 혼자 덧붙였다. 매듭지은 것이든 아니든, 수습이 잘 안된 것으로 보여도, 자신을 보호하지 않고 자살하도록 몰아갔을 의지, 그런 의지를 가졌던 그가 땅에 묻혀 있다는 사실만이 사실이었다. 각자 할 수 있는 만큼 하는 것일 테고 자기 몸에 돌고 있는 붉은 피에 대해 그는 더 이상 생각하지 않아도 될 것이다. 그가 걸을 때와 멈춰 설 때, 행복하거나 슬플 때, 낙담할 때와 사랑할 때, 말할 때와 말하지 않을 때의 얼굴을 나는 모른다. 그가 나를 비웃을 때의 얼굴도 나는 모른다.

「그만 돌아가자.」

할아버지의 말에 혜임과 나는 천천히 돌아갈 준비를 했다. 밤을 꼬박 새우고 이런저런 생각을 많이 한 탓인지 몸과 마음이 고단했다. 짐을 챙기며 함께 아는 노래를 흥얼거리고, 혹시 두고 가는 것은 없는지 채소밭까지 넉넉히 건너다보았다. 한쪽에서 자전거를 끌고 오는 할아버지에게 혜임이 이제 가요, 하고 말했다.

「두고 가는 것 없어요. 인제 그만 가요.」

나는 이름이 외워지지는 않지만 기억하고 싶은 몇몇 나무와 식물을 다시 한번 보았다. 나지막한 덤불들, 아몬드 껍질, 조그만 자루들, 잘린 줄기 조각들, 일회용 손난로와 땅에 묻혀 있는 이에게 주어졌을 아이같이 깊은 잠을 보았다. 만약 그의 자살이 미수로 그쳤다면 함께 돌아갈 수도 있을 텐데 그러지 못한다는 생각이 들었다. 가장 넓은 그늘을 드리우는 식물의 잎을 올려다본 것을 마지막으로 그곳에서 돌아서려고 할 때, 시체를 묻은 자리 너머로 별 세 개가 떨어지고, 혜임과 나와 할아버지는 아치 모양으로 떨어지는 그것을 와, 하고 함께 보았다. 너무 환하고, 또 너무 무거운.

왓카나이

민병훈

그는 소야곶에 서서 바다를 바라보고 있다. 날씨가 맑으면 바다 건너 사할린이 보인다는 이야기를 들은 적이 있다. 몸이 들썩일 정도로 매서운 눈발이 흩날린다. 그는 지퍼를 턱까지 올린다. 왓카나이에 오기 위해 새 외투를 샀다. 그는 사할린을 보기 위해 소야곶에 온 게 아니다. 애당초 뭔가를 보기 위해서 시작한 여행도 아니다. 왓카나이를 여행의 종착지로 삼은 이유는 하나다. 그는 살아갈 이유를 찾기 위해 그곳에 도착했다.

 그는 어떤 계기로 왓카나이를 알게 된 건지 기억하지 못한다. 다만 여러 경로를 떠올릴 수 있다. 인스타그램에서 사진을 봤거나, 웹 서핑 중에 광고를 접했거나, 여행을 주제로 대화하던 자리에서 누군가의 경험담을 들었을 것이다. 그는 자기 삶에 우연이 개입하는 것을 좋아하고 그것에 휘둘리길 바란다. 남이 보기에 자신의 삶을 방치하는 불성실한 사람으로 비춰도 아랑곳하지 않는다. 실제로 직장 동료나 친구가 그에게 이런 말을 건넸다. 네 생활을 제대로 가꿔, 열심히 장악하란 말이야, 시간을 낭비하지 말라고. 그는 그런 말을 들을 때마다 우스꽝스러운 표정을 지으며 대답을 대신했다. 상대방은 진지한 태도를 풀고 폭소했다. 웃음은 간단하고 명확하게 자신을 향한 관심이 사라지게 만드는 마법과 같았다. 그는 남을 웃길 수 있는 표정을 만들었다. 왓카나이에 오기까지 스무 개가 넘는 표정을 만들 수 있었다.

그는 지금 아무런 표정을 만들 수 없다. 얼굴 근육을 움직일 수 없기 때문이다. 얼굴을 찢을 듯이 찬 바람이 불고 있다. 더 이상 한자리에 서 있을 수 없다고 판단한 그는 일본 최북단을 설명하는 문장과 위·경도가 적힌 비석 뒤에 숨는다.「방금 봤어요?」갈색 털이 달린 모자를 쓴 여자가 다가와 그에게 말을 건넨다. 그가 어리둥절한 표정을 짓자, 저 파도 위에서 뭔가가 뒤척였는데, 한다. 여자는 손바닥으로 눈가에 차양을 만들며 바다를 지켜본다.「사진 한 장 찍어 줄 수 있어요?」여자는 트럭을 주차하고 도로에서 서 있는 일행을 향해 손짓한다. 그는 바다와 비석을 배경으로 나란히 선 그들을 향해 셔터를 누른다. 그들은 사진에 담기지 않는다. 새하얀 눈의 입자가 얼룩처럼 프레임에 담긴다. 그가 카메라를 건네자 여자는 말한다. 「이런 곳까지 혼자 오기 쉽지 않은데. 같이 갈래요?」 그는 고개를 가로젓는다. 마을로 향하는 마지막 버스가 삼십 분 뒤 도착할 예정이다. 여자의 일행 중 누군가가 시간이 없다며 소리친다.

여자가 떠난 뒤 그는 마미야 린조의 동상 앞에 서서 차가 떠나가는 것을 지켜본다. 탐험가였던 린조 동상의 허리춤에 칼집이 채워져 있다. 눈을 조심스레 닦는다. 동상은 고개를 왼쪽으로 돌려 바다를 바라보고 있다. 왜 정면으로 세우지 않았는지 의문스럽다. 동상의 시선이 닿는 곳에선 여전히 파도가 뒤척이고 있다. 그는 동상을 따라 추위도 잊은 채 한동안 바다를 바라본다. 도로 건너편으로 자리를 옮기자 미야자와 겐지의 문학비가 세워져 있다. 겐지의 문학비가 왜 이곳에 있는지 설명문을 읽기 위해 휴대폰으로 번역기를 돌리려다가 손이 시려 관둔다.

나라고 하는 현상은
가정된 유기 교류 전등의
하나의 푸른 조명입니다
(온갖 투명한 유령의 복합체)

그는 이대로 있다간 감기에 걸릴지도 모른다는 불안감에 빠진다. 서둘러 자리를 벗어난다. 지붕과 벽이 파랗게 칠해진 건물에 들어선다. 입구에 마련된 빗자루로 옷에 묻은 눈을 털어 낸다. 바닥에 떨어진 눈이 녹지 않는다. 작은 탁자 위에 방문자 명부가 올려져 있다. 그는 이름과 전화번호를 적는다. 왜 자신의 인적 사항을 적어야 하는지 알 수 없지만 자신보다 먼저 가게에 들어선 사람의 행동을 따라 했다. 그는 이름의 마지막 받침과 전화번호의 마지막 숫자를 다르게 적는다. 탁자에 설치된 조명이 금방이라도 꺼질 것처럼 옅게 명부를 비추고 있다. 그는 다른 언어로 적힌 사람들의 이름을 읽는다. 자신과 같은 국적의 이름은 찾을 수 없다. 그는 만족한다. 그는 그곳에 방문한 열 번째 여행객이다.

그는 기념품이 놓인 평대를 구경하며 건물 안에서 시간을 보낸다. 왓카나이 한정 가리비 과자, 소야곶 기념비 열쇠고리, 대륙의 끝이라고 적힌 티셔츠. 하얀 앞치마를 허리에 두른 상인이 그를 예의주시하고 있다. 지갑이 열리길 기대하며 자연스럽게 초콜릿이 담긴 상자를 그와 가까운 평대에 둔다. 그는 상인의 의도를 알아차리지 못하고 지나친다. 상인은 포기하지 않고 그를 따라다니며 물건을 정리하는 척한다. 그는 머릿속으로 딴생각을 하고 있다. 이렇게 많은 종류의 기념품이 팔리긴 하는지, 애초에 뭘 기념하는 건지, 여기서 일하면 임금은 얼마나 받을 수 있는지, 저 상인은 아까부터 왜 인상을 쓰고 자신을 바라보고 있는지 여러 생각이 교차하는 중이다. 그는 상인을 향해 화장실을 사용해도 되느냐고 정중히 묻는다. 양손을 가지런히 아랫배에 모으고 고개를 조금 숙이자 어떤 부탁도 들어줄 만한 겸손한 자세를 취했다고 그는 만족해한다. 상인은 별걸 다 묻는다는 표정으로 화장실이 적힌 안내판을 가리킨다. 화장실로 향하는 복도의 창밖 너머로 눈이 그치고 있다. 그는 화장실에서 나온 사람과 어깨를 부딪친다. 그가 사과하자 상대방은 도망가는 듯이 건물 밖으로 뛰어간다. 그는 어깨를 만지작거리며 문을 열었고 바지를 내리다가 벽에 쓰인 낙서를 발견한다. 방금 적힌 것처럼, 마침표를 손가락으로 문지르자 금세 지워진다. 낙서는 그가 읽을 수 없는 언어로 적혀 있다. 하지만 어쩐 일인지 문장을 읽고 그 뜻을 이해할 수 있을 것 같다. 그는 맘대로 억양과 음절을 지어내 몇 번이나 반복해서 문장을 읽는다. 그는 왓카나이에 있는 동안 그 문장을 잠꼬대처럼 읊고 다닌다.

  화장실을 나서자 하늘이 개어 있다. 그는 상쾌한 기분을 느끼며 상인이 만지작거리던 기념품을 자신에게 달라고 말한다. 바닷물을 정제해서 만든 생수입니다, 라고 상인은 말한다.

그는 동전을 꺼내 값을 치른다. 뚜껑을 딴 뒤 단숨에 마시고 쓰레기통에 버린다. 그는 눈이 그친 김에 소야곶 근처를 더 구경하기로 마음먹는다. 도로 반대편 공원으로 향한다. 오르막길에 오르다 몇 번이고 넘어졌지만 아랑곳하지 않는다. 신발에 눈이 들어가 양말이 축축해지는 것을 느끼며 공원 정상에 오른다. 눈에 뒤덮인 해군 망루가 형체를 드러내고 있다. 망루에 오르려다가 철재로 만든 계단을 보고 그대로 지나친다. 그 옆에는 대한항공 격추 사건에 희생된 사람들을 위한 위령비가 세워져 있다. 기도의 탑이라 불리는 그 끝은 사할린 연안을 가리키고 있다. 그는 위령비가 한눈에 들어오는 곳으로 자리를 옮긴 뒤 잠시 묵념한다. 위령비 중앙부로 다가가 줄을 잡아당기자 종이 울린다. 그는 그 자리에서 몇 번이고 종을 울린다. 다시 눈이 내리기 시작한다. 그는 세상의 끝과 같은 이곳에서 바라본 풍경을 한동안 잊지 못할 거라고 예감한다. 삶에 대한 예감은 항상 그를 비켜 갔지만 이번엔 다를 거라고, 뭔가가 바뀔 거라고 믿으며 서둘러 정류장으로 향한다.

그의 원래 목적지는 왓카나이가 아니었다. 아니, 사실 아무 데도 가지 않으려고 했다는 말이 정확할 것이다. 그는 여행을 가는 것보다 여행을 계획하는 일을 좋아하며, 여권 속 페이지는 반 이상 채워지지 않았다. 언젠가 여권 만료일을 갱신하기 위해 그는 사진관에 갔다. 문을 열고 들어서자 사진사는 인사도 없이 모니터만 바라보고 있었다. 그는 사진사가 먼저 말을 걸어 주길 기다렸다. 무거운 공기가 사진관 내부의 공기를 점점 누르는 것 같았다. 말을 걸 기미가 보이지 않자 그는 먼저 다가갔다.「여권을 바꾸려고요.」사진사는 탁자 위 벨을 가리켰다.「그걸 눌러야죠.」벨을 누르자 사진사는 자리에서 일어나 그를 카메라 앞으로 안내했다.「거기 앉아요.」그는 앉지 않았다. 사진사가 의아한 표정으로 그를 바라봤다.「의자가 없는 걸요.」사진사는 카메라 점검을 멈추고 의자를 찾기 시작했다.「어제 분명히 있었는데.」창고로 들어간 사진사는 곧 접이식 의자를 꺼내 펼치더니 마음에 들지 않는지 자신이 앉았던 의자를 낑낑거리며 옮겼다.「도와줘요.」의자는 한눈에 봐도 무게가 꽤 나가는 것 같았고 그는 군말 없이 사진사를 도왔다. 가죽으로 덧댄 팔걸이에서 비린내가 났다.

  그는 의자에 앉아 카메라를 바라봤다.「여기를 보세요.」「네.」「여기 보시라고요.」그는 눈을 부릅뜨고 렌즈를 바라봤다. 카메라 뒤에 있던 사진사가 한숨을 쉬었다.「저기요.」그는 대답을 망설였다.「째려보지 말고요.」어느새 사진사는 그에게 다가와 어깨와 목, 등을 만지며 자세를 고쳤다.「눈을 마주 보는 것처럼요.」그는 불편한 자세로 다시 촬영에 임했다. 셔터를 누름과 동시에 조명이 켜지는 순간 몇 번이나 눈을 감았고 찔끔 눈물이 났다.「누군가 앉아 있다고 생각하세요.」그는 평소에 상대방의 눈을 제대로 보지 않았기 때문에 사진사의 말을 따르기가 힘들었다. 오히려 누군가를 마주한다고 생각할수록 바닥을 내려다보기 일쑤였다. 사진사는 포기한 듯 인제 그만, 이라고 말하며 촬영을 마무리지었다.「고개가 삐딱하네요.」그는 멋쩍은 듯 머리를 긁었다. 사진은 삼십 분 뒤 출력됐다. 보정된 사진 속에서 그의 눈동자는 어디에도 닿지 못하고 방황하고 있었다. 그는 급히 계산을 마치고 사진관을 나섰다.

   그는 새 여권을 책상 위에 두고 생각에 잠겼다.

   4월의 대기층 쏟아지는 햇빛 속을
   침 뱉고 이 갈며 이리저리 오가는
   나는 하나의 아수라로다
   (풍경은 눈물에 아른거리고)

   소야곶을 떠나는 마지막 버스를 타기 위해 정류장으로 향하자 길게 늘어선 사람들이 보인다. 그는 승차권을 확인하기 위해 주머니에 손을 넣는다. 승차권이 축축하게 젖어 있다. 물기에 젖은 승차권을 꺼내려다가 손을 거둔다.「일행은요?」 그의 앞에 서 있는 사람이 별안간 몸을 돌려 질문을 던진다. 그는 자신을 향한 질문이라는 것도 알아차리지 못한 채 젖은 승차권을 말릴 생각을 하느라 늦게 대답한다.「없습니다.」시간이나 때울 심산인지 다른 질문들이 이어진다. 그는 결국 참지 못하고 말한다.「조용히 있고 싶습니다.」「여기서 뭘 봤어요?」그는 대답하지 않는다.「나는 아무것도 안 보이던데요.」그는 처음 만난 사람과 수수께끼 같은 문답을 주고받을 여력이 없다. 해가 질수록 강해지는 눈발을 피해 얼른 호텔에 가서 눕고 싶은 생각뿐이다. 호텔에 체크인하기 전 꼭대기 층에 온천 시설을 운영한다는 안내문을 읽었다. 편의점에서 술과 안주를 산 뒤 목욕을 마치고 혼자 만끽할 시간을 기대했다. 그는 갑작스러운 만남으로 자신의 예정된 행복을 방해받는 건 아닐까 초조하다.「바다, 하늘. 끝이 잖아요. 사할린이 보이는 것도 아니고.」그래서 어쩌란 말인가, 그는 속으로 생각하며 얼른 버스가 도착하길 바라고 있다.

　버스는 예정된 시간보다 오 분 늦게 정류장에 도착한다. 말을 걸던 사람과 최대한 떨어지려는 방법을 생각한다. 그 사람은 버스에 타지 않고 돌연 다른 곳으로 향한다. 그는 재빨리 버스에 오른다. 창문마다 사람들의 입김이 서려 있다. 가장 뒷좌석에 앉아 외투에 얼굴을 파묻는다. 곧 버스가 출발하고 웅성거리는 대화 소리가 들려온다. 그는 비몽사몽의 상태에서 억지로 잠을 밀어 내고 있다. 버스에서 잠들면 항상 이상한 꿈을 꿨기 때문이다. 현실에서 꿈이 실현된 적도 있다. 그것은 예지몽이 아닌 단순한 우연에 불과했지만 그에겐 불길한 징후가 되었다. 한동안 버스를 타지 않은 시기도 있었다. 가족 중 누군가가 미련하다고 말했다. 그는 마흔 살에 가까운 나이에 운전면허가 없었고 일상에서 큰 불편함을 느끼지 않았다. 그는 조수석에 앉으면 사고가 날 것 같은 불안감에 손바닥이 하얘질 정도로 안전벨트를 꼭 붙들었다. 「그 꼴을 보니까 더 사고가 나겠어.」 그의 어머니는 그가 대학생일 때 학교 정문에 내려 주며 종종 말하곤 했다.

그는 잠에서 달아나기 위한 방법을 생각한다. 창문을 열고 찬 바람을 쐴까, 허벅지를 꼬집을까, 조용히 중얼거리듯 노래를 부를까, 고민이 이어질수록 잠이 쏟아진다. 그러다 뭔가가 생각난 듯 불쑥 자리에서 일어난다. 손잡이를 잡고 있던 승객이 그를 바라본다. 그는 말한다. 「여기 앉으세요.」 「괜찮아요.」 「가방이 무겁잖아요.」 「저걸 보려고 여기 서 있는 거예요.」 그는 하얗게 김이 서려 바깥이 보이지 않는 창문을 가리킨다.

「아무것도 안 보이는데요.」「무슨 소리예요. 내가 보이잖아요.」 승객의 잠꼬대 같은 소리를 들으며 그는 그대로 서 있는다. 버스는 그의 상황에 아랑곳하지 않고 예정된 노선을 따라 마을로 향한다.

그는 대학원에 다니던 시절 도쿄에 거주하던 친구의 부탁을 받고 함께 산 적이 있다. 친구는 도쿄 변두리에 있는 회사에서 파견 근무를 하던 상황이었다. 외국 생활을 한 경험이 없던 친구는 극심한 우울증에 시달렸고, 열대야가 기승을 부리던 어느 날 새벽 그에게 전화를 걸었다. 「왜 여기 있는지 모르겠어.」 그는 며칠 뒤 휴학을 신청했다. 곧바로 여권을 만들기 위해 시청에 갔다. 첫 여권을 받자마자 도쿄행 항공권을 예약했다. 인터넷에서 제일 싼 가격의 캐리어를 구매했고 너무 큰 사이즈를 산 바람에 짐이 다 채워지지 않았다. 연차를 신청할 수 없었던 친구는 공항으로 우버를 불러 줬다. 그는 차량 번호를 중얼거리며 난생처음 입국 심사를 받았다. 공항에 도착한 순간부터 긴장하는 바람에 세관 직원의 눈을 마주 볼 수 없었다. 나는 죄가 없어, 나는 자격이 충분해, 속으로 되뇌며 직원이 여권에 스탬프를 찍는 순간을 지켜봤다. 그는 그때 예상하지 못했지만 그 순간을 계기로 계절마다 외국에 있었다. 그동안 베일에 가려져 있던 삶의 어떤 버튼이 작동되는 듯한 기분을 느꼈다. 어딘가로 출발하거나 도착하는 사람들의 들뜬 얼굴과 스피커를 통해 들려오는 안내 방송, 넓고 쾌적한 면세 구역의 공간감, 괜스레 코끝이 찡해지는 활주로의 광경, 이런 순간들은 그의 삶에서 전혀 경험할 수 없었던 세계의 단면이었다.

그는 공항을 나서자마자 주차장으로 향했다. 낯선 장소에서 번호판을 찾기 위해 이리저리 움직였다. 우버 기사가 먼저 그를 불렀다. 기사는 미국 서부 영화에서 볼 법한 카우보이모자를 쓰고 있었는데, 가죽이 갈라지고 군데군데 찢어질 정도로 낡아서인지 챙 아래 처음 마주친 얼굴에서 나이를 가늠하기가 힘들었다. 그는 일주일 전 급히 일본어 회화 책을 샀고 그대로 책상에 두고 공항으로 출발했다. 그는 일본어로 인사말을 건넸다. 기사는 한국어로 답했다. 「당신과 같은 나라 사람이니까요.」

기사는 운전하는 동안 입을 열지 않았다. 어디로 가는지, 얼마나 걸리는지 알고 싶었으나 왠지 말을 걸 분위기가 아니었다. 친구는 회의에 들어간다며 연락이 되질 않았다. 창밖으로 낯선 이국의 건물들이 스쳐 갔다. 차가 고속도로에 진입할 즈음 기사는 물었다. 「길을 잘못 들었어요.」 오늘 날씨가 좋네요, 라고 말하는 것처럼 차분한 말투였다. 그는 상황의 심각성을 인지하지 못하다가 물었다. 「그럼 얼마나 걸리나요?」 「내비게이션이 고장 났거든요. 제가 길을 몰라서.」 그는 급히 자신의 휴대폰을 기사에게 건넸다. 기사는 손사래를 쳤다. 「그냥 제 감을 믿고 가보죠. 표지판을 보면 되니까.」 그는 빠르게 스쳐 가는 표지판을 봤다. 읽을 수 없었다. 기사를 믿는 수밖에 없는 상황이 난처했지만 티를 내진 않았다. 「돈은 더 안 받을게요.」 그들은 예정된 시간에서 십 분 정도 늦게 광장에 도착했다. 기사는 문을 닫기 전 그에게 말했다. 「보이는 것만 믿으면 된다니까요.」 친구는 광장 한복판에서 그를 기다리고 있었다. 오랜만이다, 라는 인사도 없이 택시에서의 상황을 이야기하자 배시시 웃었다. 「어쨌든 잘 왔으니까.」 친구는 그의 어깨에 팔을 둘렀다. 함께 저녁을 먹고 집으로 향했다.

그는 노천탕에 앉아 그때의 일을 떠올린다. 눈 내리는 광경을 바라보며 뜨거운 물에 몸을 담그고 있으니 피로가 사라지는 것 같다. 친구는 여전히 도쿄에 살고 있다. 다른 부서의 직원과 결혼했고 한국에 오는 일이 드물어 만나기 어려웠다. 목욕을 마치고 객실로 돌아온 그는 친구에게 왓카나이, 단 네 글자를 써서 문자를 보낸다. 답장은 오지 않는다. 창문을 가린 커튼을 열자 낮보다 더 굵은 눈이 내리고 있다. 어둠이 하얗게

물들고 있다. 평생 볼 눈을 여기서 다 보는 건 아닐까, 그는 생각하며 커튼을 닫는다.

> 구라카케산 아래서
> 여유롭게 쉬고도 싶다
> 그곳은 공기도 아주 맑고
> 나무든 풀이든 모두 환등 같겠지

어느 날 친구가 집으로 사람을 초대한 적이 있다. 속옷 차림으로 소파에 앉아 영화를 보던 그는 친구의 어깨 너머로 보이는 손님을 보고 놀라 재빨리 방으로 들어갔다. 「괜찮아.」 친구는 문을 두드리며 그를 진정시켰다. 「선장님이야.」 눈인사를 건넨 선장은 주방으로 들어가 별안간 음식을 만들기 시작했다. 「작년 휴가 때 만났어. 요트를 탔거든.」 그는 자신의 아늑한 공간과 휴식 시간을 침범당했다고 여겼다. 불쾌한 표정을 지으며 주방을 바라봤다. 선장은 칼과 접시가 어디에 있는지 정확히 알고 있었다. 냉장고를 열어 생선을 꺼내 비늘을 벗기고 양배추를 썰었다. 샤워를 마치고 나온 친구가 선장의 등을 두드리며 말했다. 「오늘도요?」 선장은 고개를 끄덕였다. 자신만 모르는 비밀을 주고받는 것 같아 그는 눈을 가늘게 떴다.

「너도 앉아.」 친구는 식탁을 가리키며 말했다. 그는 평소에 앉던 의자가 아닌 다른 의자에 앉았다.

그들은 별다른 대화 없이 음식을 먹었다. 포크와 접시가 부딪치는 소리만이 간간이 침묵을 채웠다. 먼저 식사를 마치고 휴지로 입술을 닦던 친구가 선장을 보며 말했다. 「그 얘기, 내 친구한테도 말해 줄래요?」 선장은 수염 자국이 전혀 보이지 않는 말끔한 얼굴이었는데 군데군데 긴 흉터가 자리를 잡은 탓인지 오랜 사연이 있는 듯한 인상을 풍겼다. 그는 테이블을 정리한 뒤 차를 끓였다. 선장은 이야기를 시작했다. 「요트를 타고 세계 일주를 하고 싶었습니다. 십 년쯤 전이었는데, 그때는 배를 탄 경험이 없어서 다른 배의 선원으로 일해야 했죠. 원양어선 같은 규모가 큰 배는 타고 싶지 않았습니다. 인터넷으로 찾아보니 생각보다 요트를 가진 사람들이 많았어요. 선원 한 명을 구하는 자리가 있길래 전화를 걸었습니다. 선장은 해군에서 퇴역한 장교였는데 집보다 바다가 편한 사람이었습니다. 바닥이 일렁이지 않는 육지에 있으면 오히려 멀미가 난다고 말했습니다. 첫 만남부터 제게 일을 가르쳤어요. 휠과 틸러의 작동 원리를 알려 주고 돛의 각도에 대해 설명했습니다. 바람을 봐야 해. 선체에 서서 수평선을 바라보며 잠꼬대 같은 소리를 하길래 처음에는 이상한 사람이라고 생각했습니다. 하지만 돈도 받지 않으려는 제게 월급을 주고, 침실인 캐빈까지 양보하는 걸 보니 오히려 쉽게 오해한 저 자신이 부끄러웠습니다. 선장의 출항 계획은 간단했어요. 일본을 거쳐 러시아 사할린 남부 코르사코프를 경유해 사할린섬에 도착하는 것이 목표였습니다. 다만 입항 허가가 까다로워서 비자를 받기까지 시간이 걸렸습니다. 러시아 해관 신고도 마쳐야 했고요. 서류를 기다리는 동안 매일 요트에서 지냈습니다. 캐리어 두 개에 짐을 넣고 요트에 오르자 선장이 코웃음을 쳤어요. 쓸데없이 적재 용량을 늘리는 일은 바다에서 제일 멍청한 일이라고 말입니다. 캐리어를 열고 짐 하나하나를 직접 검사했습니다. 짐의 반 이상을 다시 집으로 가져갔어요. 출항 전날엔 잠을 설쳤습니다. 선장의 코 고는 소리 때문은 아니었고 묘하게 가슴이 뛰었거든요. 오랜만에 느껴 보는 감각이었습니다. 삶이 너무 무료해서 이대로 사라져도 될 것 같다고 매일 생각했거든요. 배를 타고 바다를 건너 섬에 간다니, 멋지지 않습니까? 어쩌면 내 미래가 거기에 있을 수도 있다고, 내일 바다로 나가면 뭔가가 크게 바뀔 것 같다고 근거 없는 예감을 하며 쉽게 잠들지 못했습니다. 다음 날 정해진 시간에 순조롭게 출항한 뒤 육지가 보이지 않을 즈음 선장은 요트의 이름을 지어 보라고 말했어요. 항해가 끝나기 전까지요.」「이름이 뭐였어요?」「이름을 지을 수 없었어요. 홋카이도를 지날 즈음에 선장이 쓰러졌거든요.」「그래서요?」「요트를 조종하는 법은 알려 주지 않아서 발만 동동 굴렀어요. 방향타를 잡기엔 아직 멀었다고 말했거든요. 오도 가도 못하고 바다에 떠 있었습니다. 뇌출혈로 생명이 점점 꺼져 가는 선장과 함께요. 해경에 무전을 보내고 기다렸어요. 그때 바람이 불어서인지, 해류를 탄 건지 갑자기 요트가 움직이기 시작했어요. 떠밀리듯 어딘가로 계속 흘러갔습니다. 그런 심각한 상황 속에서도 굉장히 이상한 기분을 느꼈어요. 자연의 힘으로 표류하던 그 시간을 잊지 못합니다. 지금도 가끔 바다 위에서 요트 모터의 전원을 끄고 가만히 있는 시간을 즐깁니다. 그러다 요트는 어느 항구에 도착했어요. 왓카나이라는 작은 도시예요.」

그는 눈을 감은 채로 잠에서 깨어난다. 눈을 뜨고 싶지 않다고, 이대로 다시 잠들어 아무것도 보고 싶지 않다고 생각한다. 체크아웃까지 얼마나 시간이 남았는지 가늠할 수 없다. 시간을 유추할 수 있는 그 어떤 소리도 들리지 않는다. 그는 무거워진 눈꺼풀을 겨우 뜨고 침대에서 일어난다. 지난밤에 마셨던 술병이 바닥에 쓰러져 있다. 불을 끄지 못하고 잠들

정도로 취한 그는 밤사이 꿈에서 본 장면들을 기억해 내려 애쓴다. 두통이 심해진다. 차가운 물로 샤워를 한 뒤 TV로 날씨를 확인한다. 어제보다 기온이 높아 패딩 내피를 접어 배낭에 넣는다.

그는 역으로 향한다. 열차를 타기 위해서가 아니라 철로를 보기 위해 걸음을 옮긴다. 일본 최북단 철로의 끝이 이곳에 있다. 어제와 다르게 눈이 내리지 않아 표지판에 적힌 글자들이 보이기 시작한다. 표지판에는 일본어와 러시아어가 함께 적혀 있다. 철로가 끊긴 지점에는 낡은 팻말이 세워져 있다. 그는 별다른 감흥을 느끼지 못한다. 끝, 마지막, 최후, 이런 단어들은 자신의 삶에 반영되지 않는다고 생각한다. 이른 아침이라 역 안이 한산하다. 2층으로 향하는 계단에 오른다. 영화 포스터가 줄지어 부착되어 있다. 그는 코인 로커에 배낭을 넣는다. 매표소에서 상영 시간이 가장 빠른 영화표를 산다. 어떤 내용의 영화인지 알 수 없다. 아무런 정보도 찾아보지 않는다. 그는 그저 앉아서 영화를 기다릴 뿐이다. 서너 명의 관객이 그가 앉은 의자 주위로 모이기 시작한다. 표를 검수하는 직원이 상영관 문을 열고 손목시계를 바라본다. 그는 다른 사람들을 따라 자리에서 일어난다. 직원에게 표를 건네자 스탬프를 찍어 다시 돌려준다. 어제 소야곶에서 봤던 기념비가 찍혀 있다. 그는 영화가 상영되기 직전까지 좌석을 찾지 못하다가 할 수 없이 아무 데나 앉는다. 물을 챙길 걸 후회하는 동안 영화가 시작된다.

영화는 프랑스 해안 마을에 착륙한 외계 존재들이 인간 세계에 은밀히 숨어든 이야기를 다루고 있다. 그는 자막이 없는 대신 인물들의 행동 하나하나를 더 주의 깊게 본다. 영화는 대사가 없어도 이미 많은 것을 설명해 주고 있었다. 프랑스 해안에 있는 마을이라는 사실을 알아차릴 수 있었던 건 그가 오래전 그곳에 다녀왔기 때문이다. 아닐 수도 있다. 마을의 분위기와 건물 양식이 비슷한 다른 마을일 수도 있지만 그는 그렇게 믿기로 한다. 그에게는 그 점이 중요하다. 그는 자신이 보고 싶은 것을 보고 있다. 보고 있는 것을 믿는다. 주인공이 외계인과 결투하는 장면이 길어지자 그는 하품을 길게 한다. 초현실적인 상황을 기대했으나 그런 장면은 볼 수 없었다. 인간과 비인간의 좌충우돌 친구 되기, 라고 그는 메모한다. 그는 영화나 책을 보면 항상 한 줄의 문장으로 정리하는 습관이 있다. 그는 한 줄로 정리되지 않은 작품을 좋아한다. 엔딩 크레디트가 시작되자 사람들이 상영관을 빠져나간다. 그는 움직이지 않는다. 엔딩 크레디트가 끝나고 상영관에 불이 들어오고 나서야 움직인다. 그는 스탬프가 찍힌 영화표를 입구 옆 쓰레기통에 버린다.

    내가 이렇게 슬픈 눈을 하는 것은
    나의 두 마음을 응시하는 탓이다

  그는 이제 달리 갈 곳이 없다는 사실을 깨닫는다. 혹은 어디든 갈 수 있다. 기차를 타고 도쿄로 가거나, 배를 타고 러시아로 가거나, 비행기를 타고 한국으로 돌아갈 수 있을 것이다. 그는 살아갈 이유를 찾기 위해 이곳에 왔지만 애초에 그런 이유 같은 건 어디에서도 찾을 수 없다. 그는 전망할 수 없다. 그의 눈에 비치는 건 다시 눈이 내리기 시작한 역 앞의 풍경, 대합실에 앉아 조는 사람들, 면을 삶은 상인의 두건, 편의점 벽에 부착된 내용 모를 안내문이다. 그는 눈이 더 내리기 전에 선장이 말했던 항구에 가보기로 마음먹는다.

  그는 역에서 가까운 상점에 들어간다. 장갑을 새로 살 겸 항구의 위치를 묻기 위해 사람을 찾았지만 카운터가 비어 있다. 그는 장갑을 고르고, 기념품을 만지작거리고, 유리로 만든 컵을 들다가 놓칠 뻔한다. 그가 그러는 동안에도 상점 주인이나 직원은 나타나지 않는다. 그는 아무도 없는 상점에 혼자 있자니 남이 보면 오해를 받기 좋은 딱 좋은 상황이라고 생각한다. 그러자 기다렸다는 듯이 상점 밖에서 한 노인이 그를 보며 고개를 갸웃거린다. 그는 가격표를 살펴보던 물건을 도로 진열대에 내려놓는다. 털모자를 쓴 다른 노인은 그를 손가락으로 가리킨다. 그는 카운터를 향해 외친다. 「아무도 없어요?」 그때 문이 열리고 누군가 들어선다. 「어디서 왔어요?」 상점 주인은 그가 외국인인 걸 알았는지 영어로 묻는다. 「역에서요.」 그가 답하자 고개를 가로젓는다. 「아니요. 어느 나라에서 왔냐고요.」 그러곤 대답도 듣지 않고 구석에 쌓인 박스들을 정리한다. 그는 핫 팩을 찾아 카운터로 가져간다. 「항구에 가려고 하는데요.」 「볼 거 없어요, 거긴.」 「뭘 보려고 가는 게 아니에요.」 「관광객이잖아요.」 주인은 허리를 펴고 일어서서 말한다. 「그럼 방파제가 보이는 곳으로 가요.」 그는 핫 팩을 계산한 뒤 주머니에 넣는다.

상점에서 나온 지 얼마 되지 않아 거대한 방파제가 보인다. 원형 기둥 칠십 개가 지붕을 받치는 구조로 만들어진 방파제는 마치 신전처럼 위용을 드러내고 있다. 그 뒤로 항구에 정박한 배들이 보인다. 검은 구름이 몰려온다. 그는 서두른다. 겨울에 오길 잘했어, 봄은 쓸쓸했겠지, 혼잣말을 중얼거리며 사백 미터가 넘는 방파제 아래를 걷는다. 그 사이 누구라도 마주치면 좋겠다고 기대하지만, 그는 혼자다. 혼자 항구를 향해 걷고 있다. 혼자 보름 전 공항에서 출발했고, 혼자 기차를 타고 여러 도시를 이동했으며, 혼자 잠들고, 혼자 일어나, 혼자 무언가를 보기 위해 걷고 있다.

방파제 외벽에 파도가 부딪치는 소리가 들린다. 얼마나 많은 파도가 방파제에 닿았을까 생각하다가 그는 어느덧 항구에 도착한다.

그는 항구 끄트머리에 정박해 있던 요트에 다가간다. 사람은 보이지 않는다. 출항 준비를 마친 듯 돛이 펼쳐져 있다. 어쩌면 이제 막 항해를 마치고 항구에 정박했을지도 모른다. 미풍에 흔들리는 돛을 보며 그는 자신도 모르게 요트에 오른다. 몸이 저절로 요트와 연결된 다리를 건너고 있다. 선체에 서서 주위를 둘러본다. 몇 마리 갈매기만이 항구 주위를 날고 있다. 선체 아래에서 조명이 새어 나오고 있다. 혹시 사람이 있는 건 아닐까 그는 계단을 타고 내려간다. 테이블 위에 응급 키트가 놓여 있다. 악취로 정신이 혼미해질 것 같다. 슬리퍼 두 켤레가 뒤집힌 채로 침대 옆에 있다. 그는 소파 뒤 창문을 연다. 앞머리가 휘날릴 정도로 강한 바람이 들이닥친다. 그는 더 견디지 못하고 그곳을 빠져나온다. 「무슨 일이 있었던 게 틀림없어, 얼른 나가야지.」 마치 그를 막아서듯 방향타가 보인다. 그는 좌우로 방향을 움직인다. 짐승의 낮은 신음 같은 소리가 바닥에서 들려온다. 갑자기 조명이 꺼지고 그는 아무것도 볼 수 없다. 손으로 벽을 더듬거리며 계단을 찾기까지 오랜 시간이 걸린다.

공포심에 사로잡힌 그는 도쿄에서 친구와 살았던 기억과 선장과의 대화를 떠올린다. 왜 이제 그 생각이 날까, 그는 넘어진 자리에서 일어나며 생각한다. 무릎이 까졌는지 피가 흐르는 것 같다. 그는 바다 건너 사할린을 보기 위해 왓카나이에 온 게 아니다. 그는 자신을 바라보고 싶었다. 보이지 않았다. 그는 겨우 계단을 찾아 선체로 올라선다. 여전히 눈이 내리고 있다. 검은 구름 사이로 너무나 하얀 눈이 바다를 덮을 듯 내리고 있다. 그는 선체 가장자리에 서서 이마에 차양을 만들고 수평선을 바라본다. 호루라기 소리가 들린다. 해경복을 입은 사람들이 달려오고 있다. 그는 봄에 다시 와야겠다고 생각한다. 날이 맑으면 다른 풍경과 사람이 보일지도 모른다. 그는 그렇게 믿는다. 그는 지금 자신이 보고 싶은 것을 보고 있다.

\* 본문에 인용된 시는 모두 미야자와 겐지의 『봄과 아수라』(정수윤 옮김, 읻다, 2018)에서 발췌하였다.

하얀 손님
양선형

네 눈앞에는 짐칸이 동굴처럼 우묵하게 뚫린 덤프트럭 한 대가 서 있다. 네가 운전하는 소형 포터보다 몇 배는 커다란 트럭인데, 검은 방수 천이 씌워진 짐칸 안쪽에 어떤 물건이 실려 있는지 알 수 없다. 그저 텅 비었는지도 모른다. 너는 언젠가부터 극심한 교통 체증 구간으로 들어선다. 차들이 꼬리를 물고 굼뜨게 움직인다. 너는 운전석에 멍하니 앉아, 다 마신 갈색 공병을 입에 물고 병목에 남은 단맛을 빨고 있다. 트럭의 짐칸에 캐리어를 실을 때 하얀 손님이 네게 건넨 에너지 드링크였다. 브레이크와 클러치 페달을 번갈아 밟기를 여러 번. 너는 눈앞의 덤프트럭과 간격을 벌리기 위해 잠시 기다린다. 후방에서 시끄러운 경적이 들린다.

너는 네 트럭의 머리를 그 불길한 동굴의 아가리에 가깝게

맞붙일 수밖에 없다. 너는 어떤 경향 속에 사로잡혔던 셈이다. 혼잡에 혼잡을 보태지 않기 위해 앞으로 나아가야만 하는 경향. 그것이 도로를 지배하는 혼란의 일관된 질서라고 할 수 있었다. 직선으로 길게 뻗은 삼차선 도로, 주위를 빼곡하게 가로막은 차들이 출발했다가 멈추기를 되풀이한다. 경추에 바늘이 박힌 것처럼 허리가 따끔거린다. 너는 여전히 쩝쩝거리는 소리를 내며, 다소 게걸스럽게 손아귀에 움켜쥔 갈색 공병을 빨고 있다. 가끔은 단소를 불 때처럼 입을 동그랗게 오므리고 유리병 입구에 숨을 불어넣는다. 윙윙거리는 배음이 병목 위를 맴돈다. 공병이 진동한다. 너는 병목에 혀를 넣어 공병 안쪽을 훑으려 시도하고, 흐느적거리는 해삼 같은 혀가 으그러지며 비좁은 병목 안쪽에 끼어 버둥거린다.

너는 딱히 별다른 이유도 없이, 양쪽 턱이 얼얼해질 정도로 집요하게 갈색 공병을 빨고 있다. 단맛은 고갈되었고, 매끈하며 미지근한 유리병의 양감만이 네 구강을 겉돌 뿐이다. 그것은 무의식적인 습관에 지나지 않는다. 네 큰누나였다면 이렇듯 갈색 공병 빨기에 몰두하는 네게서 공병을 매섭게 가로챈 뒤 너를 나무라거나 질책했을 것이다. 이건 정말 나쁜 습관이야. 앞으로 절대 그러지 않겠다고 약속해. 네게 고스란히 남은 나쁜 습관들. 네가 어른이 될 때까지 이 나쁜 습관들을 고치지 못했고 큰누나와의 약속도 지키지 못했으므로, 너는 의식의 저변에서 가늘게 귀환하며 너를 미미하게 책망하는 큰누나의 목소리를 감지할 수밖에 없다. 분명 너를 혼내고 있으나 이제는 노래를 부르는 것만 같은, 시간에 따라 쇠약해지는 그 목소리를. 너는 나아간다. 어두컴컴한 동굴의 깊이를 눈을 가늘게 뜨고 바라본다.

네모난 어둠 속으로 덩어리진 형체가 있지만 그것이 어떤 물체인지는 불확실하다. 네 무의식의 율동이자 쉬지 않고 건들거리는 혓바닥인 연속되는 충동이 미끄덩한 병목 주위를 선회한다. 잉크가 마른 수은주처럼 갈증이 계속된다. 너는 입술이 간지럽다. 어린 시절, 너는 네 집의 선반에 진열되었던 장식용 관음보살로 종종 이와 같은 혓바닥 장난을 저질렀다. 가부좌를 틀고 눈을 지그시 감은 관음보살은 온천욕을 하는 것처럼 나른한 미소를 짓고 있었다. 칠이 벗겨진 관음보살의 몽환적인 표정이 네 유년 시절의 배경에서 늘 불멸했다. 너는 갓난아이를 어르는 것처럼 야위게 골격이 드러난 관음보살의 등을 몇 번 토닥거린 뒤 거무스름한 뺨을 혀로 핥았다. 불상에서는 산패된 금속 특유의 비릿한 맛과 함께 약간의 찝찔한 맛이 감돌았다.

혓바닥은 관음보살의 곱슬머리를 표현하는 울퉁불퉁한

원형의 돌기들 사이를 배회했다. 너는 불상의 얼굴을 깨물었다. 몸통을 굴리고 뒤집으며 구강의 미끄덩한 점막에 닿은 이목구비의 감촉을 음미했다. 관음보살은 몽롱한 혼수상태에 빠져 있었다. 평온하고 비밀스러운 표정이었는데, 거듭해서 키스를 퍼붓는 네 지독한 구애를 자신만의 무아지경 속에서 단호하게 거절하는 것만 같았고, 어쩌면 너는 관음보살의 중립적인 자애로움이 무심하게, 혹은 괘씸하게 느껴졌을 수도 있겠다. 너는 외로웠을 수도 있겠다. 너는 관음보살을 가만히 내버려두지 못했고, 그저 약이 올라, 관음보살의 우아한 참선과 태연자약한 안식을 방해하거나 망치고 싶었던 짓궂은 마음이었는지도 모르겠다. 너는 그때 관음보살을 괴롭혔던 셈이고, 너의 열렬하고 끔찍한 애무를 더는 견딜 수 없어진 관음보살이 그가 견지하는 명상적인 침묵 바깥으로 뛰쳐나오기를 바랐던 것이다.

　너는 그렇게 녹슨 불상의 몸통을 실컷 탐닉했다. 정전기 같은 소박한 전율이 네 구강과 입술을 반죽했고, 지금도 다르지 않지만, 이번에 네가 빨고 있는 것은 관음보살이 아니라 갈색 공병일 따름이었다. 관음보살 대신 갈색 공병을 모시는 사원인 것이다. 너는 단단한 병목을 흡입한다. 혀에 달라붙은 병목 가장자리에서 골골거리며 새는 공기의 감각을 느낀다.

관음보살이든 갈색 공병이든 똑같다. 물체는 침묵하고, 너는 너도 모르는 사이 네가 움켜쥔 신비로운 물체를 빨고 있다. 물체가 너를 추방하는 것을 느끼며, 혹은 그러한 뚜렷한 자각도 없이 네 혓바닥을 밀어 내는 공병의 밋밋한 표면을 애무한다. 네 끈질긴 애무가 어떤 평범한 물체에 모종의 신비로움을 부여했는지도 모르겠고, 그때도 너는 관음보살이 함부로 다루면 벌을 받을 수도 있는 존엄하며 성스러운 사물이라는 사실을 어렴풋이 알고 있었다. 이건 정말 나쁜 버릇이야. 앞으로 절대 그러지 않겠다고 약속해. 큰누나는 네 손아귀에서 관음보살을 빼앗아 원래 있던 자리에 돌려놓았다.

\*

너는 브레이크를 밟는다. 출발할 때는 목적지까지 두 시간이 소요된다고 했다. 그러나 너는 이미 그만큼의 시간을 도로 위에서 허비했고, 언젠가부터 내비게이션에 표시된 〈목적지까지 남은 시간〉이 줄어들지 않고 있었다. 너는 에어컨 환풍구에 거치된 휴대폰의 내비게이션 지도를 네가 향할 경로 전체가 드러나도록 확대한다. 지정된 목적지까지 구불거리며 이어진 한 줄의 끈, 평소라면 차량 정체의 정도를 나타내는 여러 색깔의 간격들로 토막토막 잘려 있을 그 선분이 온통 붉은색을 띠고 있다. 삐뚤빼뚤한 필체로 적힌 알파벳 J를 닮은 경로의 모양이 너를 경고하는 기호처럼 느껴진다. 지도를 종단하는 〈최단 경로〉의 비현실적인 정체가 앞으로 네가 통과할 억눌린 시간을 예고한다.

그런데 너는 이미 악명 높은 정체 구간들을 지나쳐 도심지 외곽으로 빠져나왔지 않은가. 퇴근 시간이 임박했음을 고려하더라도, 네게 배정된 경로 전체가 극심한 정체 구간이라는 사실은 더욱 문제적이다. 통행이 원활한 구간이 전무하다. 네가 나아갈 수십 킬로미터의 도로 위에, 역시 목적지에 도달하지 못한 수백만 대의 차량이 빽빽하게 늘어서 있다는 말이다. 이런 경이로운 규모의 상상은 네가 시달리는 갑갑함을 더 증가시킨다. 네가 미처 확인하지 못한 사이 국가에 비상사태가 발생해, 하루아침에 난민으로 돌변한 수백만의 사람이 일제히 도로 위를 점령하지 않는 이상 그런 수준의 대규모 정체는 불가능하게 여겨진다. 오늘은 명절도 아니고, 하다못해 성수기 시즌도 아니며, 네가 지나는 국도는 엄청난 유동 인구가 드나드는 도심의 순환 도로나 광장 주변, 휴가철마다 사람이 미어터지는 휴양지도 아니다.

수십 킬로미터의 도로를 빠짐없이 붉게 색칠하기 위해서

는 어떤 종류의 재난이 필요할까? 우연히 네게 배정된 경로를 제외한 주변의 모든 우회로가 폐쇄되고, 모든 차량이 한 줄의 통제된 끈에 갇혀 옴짝달싹할 수 없는 처지가 되었는지도 모른다. 어림없는 가정일 텐데, 네 머릿속에는 지도 안쪽으로 어지럽게 교직된 국가의 복잡한 도로망 전체가 인체 해부도의 혈관처럼 붉어지는 광경이 연상된다: 난폭해진 짐승처럼, 충혈된 눈동자처럼, 마비된 도로의 중심에서 검붉은 석탄처럼 응고되는 심장처럼. 행진이나 시위, 내전, 축제, 홍수, 지반 침하, 정치적 목적의 게이트 폐쇄, 불특정한 원인의, 말하자면 위생이나 전염성 질병과 관련한 통행 제한, 산불, 연쇄적인 추돌 사고…… 수백만 대의 차량을 막아선 원인에 대한 갖가지 공상이 네 머릿속을 스치다 덧없이 증발한다. 일상의 흐름을 단호하게 정지시키기 위해서는 어떤 종류의 재앙이 필요할까? 그 경악스러운 재앙이 거기 휘말린 인간에게 말하고자 하는 바는 대체 무엇일까. 그러나 도로 한가운데 결박된 너는 두려움이나 공포가 아니라 끝나지 않을 것처럼 느껴지는 둔중한 피로 속으로 수몰될 따름이다. 따라서 그러한 질문은 허풍인 것이다.

  눈을 깜빡일 때마다 이물질이 끼어 있는 것처럼 각막이 욱신거린다. 너는 휴대폰 화면을 터치해 포털 사이트에 접속한다. 메인에 올라온 기사들을 눈대중으로 훑는다. 너는 도로를 짓누르는 정체의 원인을 설명할 수 있는 뾰족한 기사를 발견하지 못한다. 너는 항상 교통 체증의 원인을 훗날에야, 정체가 해소되고 교통 상황이 완화되기 직전에야 파악하게 된다. 밀집한 차들 사이에서 기진맥진해졌을 때쯤, 저편에서 경광봉을 휘두르는 안전 요원과 구급차를 발견한다. 반파된 승용차들이 차선 둘을 차지하고 있음을 목격하게 된다. 사람이 죽었거나 다쳤다는 사실을, 일대에서 시위대 간의 충돌이 벌어졌으며, 전날의 폭우 때문에 산사태가 일어나 도로가 무너진 흙더미 속에 함몰되었다는 사실을 이해한다. 옴짝달싹할 수 없이 운전석에 고립되었던 너는 부지불식간에 이러한 사건들에 연루되었던 셈이고, 사건들이 전파한 영향력 속에 얼떨떨하게 감금되었던 셈이다. 달짝지근한 감미료 같은, 네가 교통 체증에 일방적으로 분노했다는 사실에 대한 사소한 죄책감을 느낀다.

    그러나 교통 체증은 너무나 일상적인 불운이다. 그것은 일상을 저지하는 특별한 사건이 아니라 온갖 특별한 사건을 무화시키는 거대한 도심의 일상에 내재한다. 그것은 터무니없이 무의미하고, 날마다 벌어지는 짜증스러운 나날의 단편이며, 너는 너를 부당하게 가로막는 수많은 차량의 밀집 현상이

해소되기를 손을 놓고 기다릴 수밖에 없다. 때때로 너는 무의미한 거대함에 탈진해 발작적으로 경적을 두들긴다. 네 심장을 압박하는 무의미한 거대함을 향해서가 아니라, 차선을 침범해 앞길을 선점하는 무례한 운전자에게 항의할 수 있을 뿐이다. 무의미한 거대함이 도로 어딘가에서 벌어진 사건으로부터 너를 격리하고, 무의미한 거대함이 하늘 저편의 인공위성에서 송신하는 신호를 받아 네 경로를 관측한다. 네게서 뒷걸음질하는 미래를 실시간으로 예지한다. 너는 내비게이션이 망가진 것이 틀림없다고 생각한다. 그러나 너는 내비게이션 지도가 나타내는 조밀한 차들의 틈바구니에 부인할 수 없이 정확하게 포위된다. 팽팽하게 겨냥된 시간의 화살이 날아와 꽂히는 과녁의 심장에 네가 있고, 〈목적지까지 남은 시간〉은 흐르는 시간과 거의 동일한 속도로 증가하며, 〈도착 예정 시간〉은 흐르는 시간에 비례해 정직하게 뒤로 물러난다. 현재가 심술궂은 노인의 혼잣말처럼 길고 지루하게 늘어지는 동안 너는 지연되거나 보류된다. 너는 떠났던 곳에서 떠나가지 못한다. 너는 두 시간 뒤 목적지에 도달할 예정이지만, 너는 두 시간 전에도 네가 두 시간 뒤 목적지에 도달해 있으리라는 사실을 확인하지 않았는가.

  차창에 갈색 공병을 물고 있는 네 옆모습이 비친다. 갈색 공병은 척척한 네 입술 위에서 원을 그리며 깊어졌다가 반시계 방향으로 빠져나온다. 어젯밤 한숨도 자지 못했기 때문에 갈색 공병은 졸음을 쫓는 일에 유용하지만, 네가 깜빡 잠들더라도 상관없을 만큼 모든 차량이 빽빽한 간격을 유지하며 멈춰 있다. 백미러에 반사된 섬광 때문에 네 얼굴이 알록달록한 키조개처럼 빛난다. 너는 헐떡거리는 듯하다. 잔광에 물든 네가 낯선 물체처럼 반짝거린다. 너는 멈블링mumbling이라는 낱말을, 에밀레Emille라는 낱말을 떠올린다. 너는 슐레밀Schlemihl이라는 낱말을, 팔락슈Pallaksch라는 낱말을 떠올린다. 너는 발효된 누룩처럼 찐득찐득해진 멈블링과 에밀레, 슐레밀과 팔락슈를 씹는다. 오물거리는 네 입술 위에서 젖은 낱말들이 뭉개지고, 입속에 고인 흥건한 타액의 덩어리가 목구멍을 넘는다. 너는 그것을 무자각적으로 삼킨다.

\*

너는 기어를 중립에 놓는다. 운전대로 굽어진 네 모가지를 부드럽게 틀어쥐는 손길이 느껴진다. 시야가 아연하다. 생경한 목소리가 귓가를 바스락거린다. 너는 큰누나의 목소리를 고스란히 돌려받는데, 꿈이 네게 전달한 때아닌 행운인 셈이고, 커피색 교복을 입은 큰누나가 거울 앞에서 백지를 들고 시 낭송 연습을 하는 광경이 시야의 가장자리에 머문다. 텔레비전에서 애니메이션이 방영된다. 나지막하게 입말을 중얼거리는 큰누나의 목소리는 떠들썩한 텔레비전의 소음 사이로 녹아내려서 들리지 않는다. 큰누나의 목소리를 명확하게 알아듣기 위해서는 완전한 고요가 필요할 텐데, 너는 이 꿈속에서 오래되어 돌이킬 수 없어진 어떤 이미지에 개입할 기회를 허락받는다. 이와 똑같은 기억의 판본 속에서 그러지 못했던 것과 달리, 너는 리모컨의 음 소거 버튼을 누른 뒤 미모사처럼 예민해진 청각의 솜털을 곤두세운 채 큰누나의 시를 엿들을 수 있다.

 심야의 고요한 침대에 누우면 옆집 부엌의 수도꼭지에서 규칙적으로 떨어지는 물방울의 숫자까지 헤아릴 수 있다. 너는 이처럼 환상적인 적막 속에서 큰누나의 음성에 귀를 기울인다.

   죽은 연인들의 이름이 적힌
   청첩장을 주웠어
   단순한 약도 속에
   처음 보는 길이 그려져 있었어

축하하기 위해 길을 나섰다는 사실이
생각났는데
용기를 잃어버린 하객인 너는
약도를 읽는 방법을 몰라

쾌청한 하늘, 계단에 걸터앉은 노인들
소변 금지 스티커
쓰레기 무단 투기 단속 푯말
공영 주차장과 붉은 벽돌집 사이에

어디에나 있는 길들처럼
특색 없는 골목을 따라가면
모월 모일
네가 찢어 버린 예배당이 있어


 너는 이 짤막한 꿈속에서 문득 깨어난다. 큰누나가 낭독했던 시를 상기하지만 문장들은 흩어져 소실되고, 죽은 연인과 쾌청한 하늘, 계단에 걸터앉은 노인들과 찢어진 예배당 사이를 잇던 지도는 와해된다. 그 시를 정말 네 큰누나가 쓴 것인지도 불분명한데, 어물거리던 큰누나의 입술에 마치 후시 녹음을 한 영상처럼 네 꿈이 생성한 허구의 문장들이 덧입혀진 것일지도 모를 일이기 때문이다. 망각 속에서 가느다란 실마리 하나를 복원했다고 하더라도, 너는 복원된 그것이 너에 의해 날조된 대본에 불과한 것이 아니냐는 의혹을 떨칠 수 없다. 기억은 어긋난 립싱크, 오역된 자막일 수밖에 없는 것이다.

 너는 또렷하게 각성된 채 전방을 압도하는 캄캄한 동굴 안을 바라본다. 너는 주행하는 도중 깜빡 졸았다는 사실이 아찔해진다. 조수석에 앉은 하얀 손님에게로 고개를 돌린다. 하얀 손님은 평화롭게 잠들어, 네 실수와 불안을 너그러이 방관하면서 천천히 숨을 내쉰다. 가슴이 콩닥거린다. 만약 이곳이 막힌 도로가 아니라 개방된 도로였다면 끔찍한 사고가 일어났을지도 모른다. 너는 차선에서 급격하게 이탈해 가속하고, 너는 네가 죽음 속으로 단숨에 돌진하는 일을 저지하지 못하고, 네 트럭은 네가 놓친 핸들의 유격을 따라 지그재그로 차선들 사이를 가로지르다 다른 차량이나 중앙 분리대를 들이받았을지도 모른다. 큰누나의 시는 너를 영원한 몽유 속으로 인도하는 주문이 되었을 것이다. 네가 소파에서 잠들면 대개 큰누나가 너를 흔들어 깨웠고, 게슴츠레한 눈으로 어정거리는 네 손을 이끌어 침실로 데려갔다. 너는 사늘하면서도 포근하게 건조된 이불 안으로 파고들었다. 가수면 상태에서의 일이라 어떤 날에는 네가 어떻게 침대를 찾아 들어왔는지를 기억하지 못했다. 그것을 기억할 수 없었던 것은, 큰누나가 영영 집을 떠나고 나서도 네가 네 잠에 길을 내는 큰누나의 안내를 받아 침대로 이동했다고 생각되는 날들이 있었기 때문이다.

광활하게 트인, 청명한 하늘을 향해 개방된 도로를 질주하면 불시에 핸들을 놓아 버리고 싶은 위험한 충동이 네 왼팔로 기어오른다. 너는 매번 핸들을 변덕스럽게 꺾어 버릴 수도 있다. 따라서 그렇게 하지 않을 이유를, 네 위험한 충동을 단속하거나 최소한 잠잠하게 달랠 수 있는 믿음직한 금기를 마련해야 한다. 믿음직한 자장가를 마련해야 한다. 풍경의 양쪽 가장자리가 이지러지며 눈앞의 속도가 네게로 맹렬하게 달려든다. 너는 왼팔을 기어코 휘감으려는 위험한 충동을 억누르기 위해 아슬아슬하게 몸부림치며 전방을 노려본다. 네게로 육박하는 가속도가 네가 기르는 맹견인 양, 너는 시야의 저편에서 응결되는 투명한 소실점, 질주하는 풍경의 냉담한 동공을 향해 눈을 부라린다.

그러나 언젠가는 반드시 이 위험한 충동을 외면하거나 단속하지 못하리라는 꺼림칙한 예감이 너를 뒤쫓는다. 차들을 각자의 방향으로 인도하며 차선을 구획하는 선분들이 너를 보호하는 것이 아니다. 차들을 순환시키는 도심의 질서가 너를 보호하는 것이 아니고, 그 질서에 기꺼이 의탁해 삶 안쪽에 머무르기를 원하는 네가 너의 삶을 보호한다. 너는 네가 안간힘을 쓰지 않으면 도로 위의 선분들이 얼마든지 사라질 수도 있음을 직감한다. 네 위험한 충동은 모든 질서가 실은 허구임을 폭로하며 교통 신호와 도로의 질서를 무력화할 것이다. 그때 트럭은 너와 네 위험한 충동을 구별하지 못할 것이다. 네가 더는 버틸 수 없어졌을 때, 네 트럭은 비로소 네 왼팔을 차지한 무시무시한 충동의 손길을 고분고분하게, 마치 충실한 하인처럼 반영하면서 차선과 차선 사이를 분할하는 선분들을 무시하기 시작할 것이다. 너의 맹견이 너의 죽음을 깨물고 놓아주지 않을 것이다.

이쯤 되면 네게는 큰누나의 시를 들었다는 기억의 잔상만이 남는다. 끓어오르는 팥죽처럼 의식의 냄비 밖으로 넘치는 불안이 기억을 열화한다. 너는 되찾았던 기억을 다시 분실하며, 큰누나의 시가 적혔던 백지, 옹알거리던 입, 말 없는 이미지만이 너의 뇌리를 가물거린다. 단어들이 난파된 조각배처럼 네 의식 아래로 가라앉는다. 너는 기억과 기억 사이에 끊임없이 희미한 선분을 긋는다. 기억은 연결되었다가 재차 끊어지며, 네 꿈이 망각 위에 적었던 큰누나의 시는 방금 지워졌지만, 네 현재가 헝클어지는 선분의 낙서를 끊임없이 계속

한다. 요람에서 무덤까지 오직 그러한 일만이 반복될 것이다. 네가 할 수 있는 일을 전부 탕진했을 때도 그런 일만은 네 의지와 무관하게 반복될 것이고, 네가 어떤 침대에서 의식 없이 죽어 가는 동안에도 너의 꿈이 네 존재의 낙서를 대신 수행할 것이다. 그 어지러운 선분들만이 너를 구성할 것이며 오직 그 비틀거리는 선분들만이 너를 구원하여, 그때 네 쇠미한 존재는 네 은닉된 사적 역사를 가로질러 숨겨진 화음을 찾아낼 수 있는 단 한 번의 기회에 불과할 것이다. 운이 좋다면 너는 네 귀에만 들리는 시간의 합창 속에서 상실한 너의 기억을 너의 신으로 섬길 수도 있을 것이다. 그 선분들만이 네 존재의 은밀한 악보일 것이며, 너는 네가 망친 난삽한 오선지 위에 매달려 가늘게 진동하는 검은 물방울, 네가 늘 귀를 기울이는 난삽한 오선지 아래로 추락하는 검은 물방울일 것이다.

\*

네 시야의 왼쪽 가장자리로 은색 아반떼가 멈춘다. 조수석에 앉은 여자가 샌드위치 포장지를 뜯는다. 여자의 뺨으로 한 줄기의 칼자국이 자라난다. 뺨에서부터 턱밑을 사선으로 가르는 화살표 모양의 상처인데, 화살표가 지시하는 방향을 따라 공중을 자르는 날렵한 칼날이 네 시야의 둘레를 스친다. 여자의 손가락이 샌드위치를 집는다. 칼자국은 아래쪽으로 미끄러지고, 이내 화살표의 끝점이 여자의 경동맥을 가리킨다. 너는 황급히 고개를 돌린다. 샌드위치를 먹는 여자를 바라본다. 이내 그 상처가 뺨으로 흘러내린 여자의 갈색 머리카락을 착각한 결과임을 인지한다.

여자가 입을 벌리고 크게 하품한다. 너는 한입에 삼켜지는 공허처럼 운전석에 앉아 전방으로 시선을 고정한다. 해가 지고 있다. 여자가 타고 있던 차량이 너를 앞서간다. 너는 나아가지 못한다. 기어를 중립에 놓고 가속 페달을 밟으면, 트럭은 같은 자리에 정지해 있는데도 계기판의 RPM이 급격하게 올라가며 엔진에서 울부짖는 듯한 굉음이 치솟는다. 연식이 오래된 트럭 안에서 매캐한 휘발유 냄새가 난다. 너는 운송회사에 취직한 뒤 매일 많게는 몇백 킬로미터를 운전했다. 너는 숙련된 동작으로 기어를 저단에 놓고 클러치 페달에서 왼발을 서서히 떼며 가속 페달에 오른발을 올린다. 이 조화로운 순서는 네게 익숙하다. 방금 너는 이 순서를 잠시 헷갈렸고, 하나 다음에 셋, 일곱 다음에 넷이 오는 경우도 있지만 이는 사소한 부주의에 불과하다. 네 눈앞에는 커다란 직사각형의 동굴이 놓여 있다. 후미등이 깜빡거린다. 너는 틀어진 순서들을 금세 다시 조율할 수 있다.

  너는 며칠 전 배달할 이삿짐을 싣고 고속도로 톨게이트를 빠져나오며 기이한 현상을 체험했다. 요금소에 정차한 뒤 창문을 내리고 요금소 직원에게 통행권을 건네려는데 어디에도 통행권이 보이지 않았던 것이다. 너는 가슴 포켓에서 운전석 발판, 조수석 캐비닛까지를 샅샅이 뒤졌지만 통행권의 행방은 묘연했다. 네가 통행권을 내밀지 못한 채 쩔쩔매는 광경을 본 요금소 직원이 차량 번호를 전산에 입력했다. 지급할 금액이 전광판에 표시되었고, 너는 지폐 세 장과 동전 두 개를 지갑에서 꺼내야만 한다고 생각했다. 꺼내야만 한다. 자취를 감췄던 통행권이 네 지갑 안에 들어 있었는데, 너는 자동 발행기에서 통행권을 뽑아 지갑에 넣었다는 사실을 떠올릴 수 없었다. 누락된 기억 탓인지 너는 짤막하게 주저했고, 그 순간부터 너는 꺼내야만 한다는 생각의 후렴구만을 되풀이했다. 꺼내야만 한다. 그러나 무엇을? 지폐 세 장과 동전 두 개를. 그러나 네 의무를 담은 간명한 명령형의 문장이 네 자연스러운 행동을 가로막았다. 언어로 번역된 생각이 튀어나온 방지턱처럼 너의 불능을 유도했고, 너는 행동과 행동 사이에서 절뚝거렸으며, 그 문장 자체가 실천할 수 없는 명령처럼 너를 기죽여 순차성 사이의 장애물로 솟아오른 듯했다.

너는 얼어붙은 채 운전석에 앉아 있었다. 뒤죽박죽인 머릿속을 정돈할 수 없었다. 너는 뒤섞인 순서들 사이에서 어떤 알맞은 순서를 골라내야 하는지를 파악하려 했다. 너는 요금소 직원에게 통행권을 내밀 수는 있었다. 그러나 지폐 세 장과 동전 두 개를 건넬 수는 없었다. 대체 왜? 둘은 동일한 몸짓일 테지만, 그때 네가 사로잡혔던 느낌이란…… 지폐 세 장과 동전 두 개를 지급하지 않고 통행권을 내민다면 그것은 옳지 않은 일, 그렇다고 통행권을 내밀지 않고 지폐 세 장과 동전 두 개를 지급하는 일 또한 옳지 않은 일이라는 사실이었다. 옳거나 옳지 않음은 윤리적인 판단에 속한 문제일 텐데, 왜 윤리적인 판단이 너의 기계적인, 패턴과 패턴이 수놓인 일상적 동작, 교환과 교환의 연쇄된 고리를 파기하며 갑작스럽게 돌발했던 걸까? 순서가 흐트러졌으며, 어쩌면 그것을 복구하는 일에 꽤 많은 시간이 소요되리라는 예감이 너를 재촉했다. 너는 일단 통행권을 제출해야 했다. 그래야만 온당한 순서를 재건할 수 있을 것 같았기 때문이다. 그러나 요금소 직원이 네가 통행권을 잃어버렸음을 알아챈 순간, 전산에 차량 번호가 입력되고 네가 지급할 금액이 명백해진 마당에 통행권을 건네는 절차는 무용한 일이 아닌가. 그것은 네 개인적인 의무감에 비춰 윤리적인 행동이었지만 합리적인 행동은 아니었다. 너는 쓸모없는 통행권을 뒤늦게 발견했던 셈이다.

너는 식은땀을 흘렸다. 너는 갈팡질팡하는 난망함 속에 경직된 채 어떤 동작도 취할 수 없었으며, 이 혼동을 헤쳐 가야 마땅할 네 손은 그저 가만히, 네 허벅지 위에 창백한 수술용 장갑처럼 버려져 있을 뿐이었다. 너는 조급해졌다. 간단한 산수 문제를 풀이하려 하는데 적어야 할 수식이 네 머릿속의 칠판으로 계속해서 증식했던 것이다. 수식이 칠판을 어지럽게 잠식하는 동안 너는 연료가 고갈된 오토마타처럼, 무능해진 공식의 포화 속에서 질겁한 중학생처럼 아득하게 시간을 흘려보낼 수밖에 없었다. 혹은 너는 생각했다. 시간을 벌어야만 한다. 너는 언제든 시간을 벌 수 있어야만 했고, 네가 시간을 버는 동안 네 부동성이 지켜져야만 했으며, 언제든 부서진 공식들이 네게로 해일처럼 밀려들 수 있었으므로 너는 다만 너를 위한 시간을 방어할 권리를, 뒤섞인 순차성과 어긋난 패턴의 연쇄에서 분리되어 모든 것을 중지할 권한을 갖고 있어야만 했다. 너는 네 혼란 속에 네가 원하는 만큼 체류할 수 있어야만 했고, 그러한 권리를 확보하는 일이 네게 발생한 문제를 더 침착하게, 처음부터 다시 고민할 수 있는 최소한의 조건이 될 수 있을 것이었다.

혹은 네가 더는 시간을 벌거나 벌지 않아도 좋을 광막한 존재의 들판 곳곳으로 나아갈 수만 있다면. 너는 네게 발생한 꼴사납고 어리석은 문제들은 더 정당한 방식으로 해결할 수 있을 것이었다. 이처럼 당혹스러운 수수께끼에 관한 선량하고 착실한 몰입도 그런 존재의 들판에서만 가능해질 것이었다. 그때 너는 간단한 산수 문제를 풀이하는 일에 일생 전부를 낭비하고도 비밀스러운 자긍심마저 느낄 수 있을 것이었다. 오래전의 이른 아침, 너는 놀이터의 정자에 누워 세계가 속삭이는 소리를 경청했던 적이 있었다. 너는 아무것도 꿈꾸지 않은 채 새들이 지저귀는 소리를 들었다. 너는 늦잠을 잤던 친구를 기다리는 중이었다. 미끄럼틀과 그네가 비어 있었다. 청명한 새들의 울음소리가 네 마음을 쪼갰다. 눈을 감으면 그 지저귐이 절대적으로 진솔한 음표가 되었고, 잔잔한 물거울처럼 일렁이는 네 마음의 심연으로 누군가 던진 돌멩이가 천천히 낙하했다. 그때를 회상할 때면 아직도 그 느린 낙하, 보이지 않는 심연의 떨림이 계속되는 듯했다.

그 심연의 떨림은 관음보살을 빨고 있던 너를 꾸짖는 큰누나의 목소리와도 닮아 있었다. 시간이 지날수록 소진되며, 항상 사라지고는 있지만 완전히 소멸하지는 않는다는 점에서. 이와 같은 영원함, 혹은 무한함에 대한 감각이란 불멸하는 관념이나 현세 바깥에 있는 드넓은 우주의 이미지와는 달랐다.

서서히 시들거나 줄어들지만 항상 없어지지는 않는다는 점에서, 항상 죽어 가고 있지만 네 생애에서 항상 잔존하리라는 점에서? 그렇게 한없이 쇠약해지는 무한과 영원이란 네가 편 친 손바닥 위에서 뒤척이는 작은 새처럼 측은하고 가여웠다. 끝나지 않는 것은 오직 희미해지는 목소리, 그런 까닭에 희미해지는 목소리는 늘 강건하며, 무한히, 혹은 영원히 사라지지도 않을 것만 같았다. 유한함에 대한 예감만이 무한하고 영원하여, 무한과 영원이 길을 잃은 채로 막막한 바다를 떠다니는 유빙 조각처럼 처연하게 느껴졌다.

하얀 장갑을 낀 요금소 직원이 허공에서 퍼덕거렸다. 먹먹해진 귓속으로 경적이 날아와 꽂혔다. 너는 네 혼란을 내팽개쳤고, 가속 페달을 밟으며 통행권과 요금 둘 다를 건네지 못한 채 도망치듯 요금소를 이탈했다. 너는 그날 안전하게 이삿짐을 배달하는 일에 성공했다. 얼마 지나지 않아 네 회사에서 미납된 요금을 정산했다. 따라서 대수롭지 않은 실수였지만, 그날 이후 너는 네게 친숙했던 일상의 순서가 얼마든지 교란될 수 있다는 사실을 배웠다. 너는 다른 세상에서 뒤엉킨 의식의 실타래를 필사적으로 풀고 있을지도 모르겠지만, 이곳에 없는 너를 뒤쫓는 고지서들, 너를 독촉하는 현재의 순서들이 네 우편함을 마비시킬 것이다. 너는 너의 혼란을 책임질 수도, 어쩌면 그 혼란이 네게 전달하려는 바가 무엇인지조차 이해할 수 없을 것이다. 너는 너의 혼란을 빼앗긴 것이다. 그것은 네 근본적인 두려움이었는데, 요금소에서 네게 찾아왔던 그 아연함이란 네 아버지가 죽기 몇 해 전부터 자주 노출했던 마비 증상을 떠올리게 했기 때문이다.

그즈음 네 아버지는 아침마다 집 앞에 있는 근린공원의 정자로 산책을 나갔다. 너는 아버지의 하루를 온전히 관찰한 적이 없었다. 그러나 그늘진 정자에서 시간을 죽이며 하루 나절을 보내는 그의 모습을 자주 상상했다. 아버지는 정오의 태양과 황혼의 태양, 짧아지고 길어지는 그림자, 아버지 앞을 스치는 각양각색의 사람들 사이에서 한 장소의 목격을 담당하는 사람인 양 동그란 눈을 뜬 채 검은 비닐봉지에 담긴 땅콩을 먹고 있었다. 비닐봉지 안이 땅콩 껍데기로 뒤덮였다. 아버지는 바스락거리는 땅콩 껍데기 사이에서 통통하고 고소한 땅콩을 골라내며 근린공원의 풍광을 바라보았다. 땅콩이 땅콩 껍데기들 사이에서 계속해서 발견되었고, 그가 거기 있었다는 사실만이 분명할 뿐 그가 소유할 수 있는 이미지는 없었다. 이미지는 빠르게 휘발되었다. 아버지뿐만 아니라, 모든 사람이 빠르게 휘발되는 이미지들 사이에서 자신이 선택한, 혹은 어느새 불가피하게 그렇게 정해진 반복을 붙들고 있다. 말년의 아버지에게 그 반복이란 근린공원의 정자였다.

아버지는 근린공원의 정자에 있었다. 나무처럼, 미끄럼틀처럼, 여름마다 우거진 잎사귀들 사이로 서너 개의 둥지가 새로 샘솟는 나무처럼, 겨울마다 이슬이 얼어붙어 표면이 앙상하게 바래는 미끄럼틀처럼. 그의 뇌리를 잠식한 망각의 얼룩 속에서도 근린공원의 정자라는 좌표가 여전히 건재했던 것이다. 아버지는 그곳을 중심으로 삶을 재구성했다. 너는 그런 반복들이 무서웠다. 요금소에서 네가 잠시 겪었던 혼란이, 인지 기능이 퇴화한 아버지의 마지막이 네게서 미리 되풀이되는 미래의 편린이라는 생각이 들었기 때문이다. 더는 땅콩을 골라낼 수 없는 땅콩 껍데기들, 어느새 수북하게 쌓인, 주먹으로 쥐면 사각거리는 소리를 내는 앙상한 부스러기들. 너는 그곳으로 향하고 있는 걸까? 운명이나 유전이라고도 불리는 타자적인 동일성 속으로?

어느 날부터 아버지는 집으로 돌아오지 못했다. 그의 눈앞으로 수많은 길이 번성하는 덩굴처럼 자라난다. 사방으로 갈라지는, 이글거리는 길의 과잉이 그에게는 똑같이 집으로 향하는 길처럼 느껴진다. 그는 집에서 멀어지지만 자신이 집으로 돌아가고 있다는 사실을 의심하지 않는다. 그는 낙천적이며 그가 헤매는 길의 마지막에 집이 있다는 사실을 확신한다.

그 확신은 삶의 습관에서, 그가 한 번도 실패하지 않았던 매일의 귀가로부터 왔겠지만 그는 앞으로 매일의 귀가에 실패할 것이다. 그는 까마득한 낭떠러지 위를 걷는다. 그는 깡그리 증발한 기억 속을, 그것이 깡그리 증발했다는 것을 인지하지 못한 채로 걷는다. 그는 여전히 귀가에 대한 진실한 믿음 속에 거주하고, 그의 걸음걸이는 활달하고 경쾌하며, 그가 집으로 돌아가는 중이라고 확신하는 동안에는 끊어진 허방과 발밑의 험준한 공포가 그의 발목을 잡아채지 않는다. 그날 이후부터 너는 아버지가 혼자 외출하지 못하도록 대문을 밖에서 잠갔다. 근린공원으로 향하는 길 또한 그렇게 봉쇄되었다.

\*

네 트럭의 조수석에는 베이지색 벙거지를 눌러쓴 하얀 손님이 앉아 있다. 당근색 티셔츠가 들숨과 날숨에 따라 고르게 오르내린다. 쌕쌕거리며 코를 골고 있다. 하얀 손님은 어지러워진 교통 상황을 전혀 알지 못한다. 이완된 자세로 눈을 감고 깡마른 왼팔을 늘어뜨리고 있는데, 마치 링거를 맞는 병자처럼…… 한숨과 신음 사이로 명료하지 않은 발음을 웅얼거린다. 너는 하얀 손님을 쳐다보지 않는다. 그것은 하얀 손님의 특이한 겉모습 때문인데, 새파랗게 깎은 머리와 안쪽으로 꺼진 조그만 턱, 성별을 짐작할 수 없는 왜소한 체형도 그렇지만 하얀 손님의 살갗이 두드러지는 유백색을 띠고 있기 때문이다. 헐렁한 모자를 쓰고 있는 항아리 모양의 백자처럼. 그러나 뺨이 홀쭉하게 패어 있는, 하얀 가면을 착용한 것 같은 얼굴은 피폐하다. 너의 시선이 하얀 손님이 있는 오른쪽 가장자리를 맴돈다.

  너는 전방을 바라본다. 하얀 손님의 모습은 네게 연민과 불안을 동시에 자아낸다. 네 눈동자에 담긴 연민과 불안을 하얀 손님이 알아챈다면 그것 또한 무례하고 꺼림칙한 일일 텐데, 이 연민과 불안이 네가 하얀 손님을 응시하고 싶은 유혹의 핵심, 혹은 하얀 손님에게서 시선을 피하고 싶은 부담의 핵심일 것이다. 하얀 손님이 무방비하게 잠들었다는 사실에 안심하며 그를 염탐하는 일은 더욱 부도덕하며 외설적으로 느껴진다. 너는 갈색 공병을 빨고 있고, 살짝 역겨움이 느껴질 때까지 뚜껑이 있던 부분의 나선형 돌기를 입천장에 문지른다. 혀가 뻐근하게 저리다. 갈색 공병이 네 입술에 휘감긴다. 너는 어금니로 살짝 병목을 깨문다. 저녁이라 도로가 어슴푸레하다. 차들이 헤드라이트를 켠다. 차체에 반사되어 이지러지는 조명 때문에 반투명한 날개를 갑각 아래 은닉한, 번들번들한

딱정벌레들이 늘어서 있는 듯하다. 네 시야의 왼쪽 가장자리로 차창을 내린 소나타가 정차한다. 안쪽에서 핸들을 잡은 중년 남성이 교복을 입은 딸에게 새 부리 모양의 손목을 뒤틀며 무언가를 설교한다. 죄지은 것처럼 망연자실하게 고개를 숙이던 딸이, 좌절하거나 궁지에 몰린 것처럼 양손으로 정수리를 감싼 채 부들거리는 광경이 네 옆을 지나가고, 선팅된 지프의 검은 차창이 일정한 속도로 교체되는 아날로그 필름처럼 네 시야의 왼쪽 가장자리로 도착한다. 너는 내비게이션 지도를 확대한다. 우회, 우회, 우회…… 너는 헤드라이트를 켠다. 검은 동굴 안쪽이 밝아진다.

고무적인 것은 경로 곳곳에 교통이 원활한 구간이 되돌아왔다는 점이다. 차들은 전진할 기미를 보이지 않는다. 그러나 〈도착 예정 시각〉이 지각한 학생처럼 다급하게 미래를 앞당기고, 너를 불변하는 현재에 가두던 〈목적지까지 남은 시간〉의 견고한 옹벽이 허물어진다. 네가 트럭을 끌고 빌라촌의 오르막길을 올라 하얀 손님의 집을 방문한 시각은 오후 2시쯤이었다. 협소한 도로에 주차된 차들 사이를 지나느라 애를 먹었다. 간신히 차량을 댔고, 트럭에 내려 계단을 올라 5층짜리 빌라 옥탑의 초인종을 눌렀다. 간단한 짐을 실어 나르면 되는 배차였다. 대문이 열렸다. 슬리퍼를 신은 채 왠지 얼빠진 표정을 짓고 있는 하얀 손님 뒤편의 창문에서 찬란한 채광이 들이쳤다. 하얀 손님이 쭈뼛거리며 뒤로 물러났고, 내리쬐는 햇볕 아래에 서 있는 하얀 손님에게서 너는 산정의 만년설을 연상했다. 부유하는 햇볕 속으로 증발할 듯 아른거리면서도 선명한 양감을 갖춘 얼굴의 윤곽, 그러니까 하얀 손님의 불가해한 흰빛에는—그 독창적인 흰빛을 제외하고 너는 그에 대해 아무것도 알지 못했으니까—작열하는 열기에 의해 그을릴 것처럼 조마조마하다가도 또 침울하면서도 완강한 고집스러움이 느껴졌다. 표백된 것이 아니라 두텁게 물감을 덧바른 흰빛이었다. 그것이 하얀 손님이 내비치는 흰빛의 각별한 뉘앙스, 다시 말해 네가 사로잡혔던 연민과 불안의 뉘앙스였을 것이다.

너는 운동화를 벗고 안으로 들어섰다. 하얀 손님이 고개를 꾸벅였다. 하얀 손님의 집은 휑뎅그렁했고 빈집이나 마찬가지였다. 그러나 방치된 공간처럼은 생각되지 않았으며, 막 청소를 마친 것처럼 깨끗한 집이었다. 하얀 손님이 환한 채광 아래에서 그늘진 구석으로 발을 옮기자 햇볕 아래에서 유랑하던 흰빛, 불안정했던 흰빛이 석고상이나 소라 껍데기 같은 물질적인 흰빛으로 응고되었다. 하얀 손님이 안방에서 몸집만 한 철제 캐리어를 끌고 나왔다. 너는 하얀 손님을 돕기 위해 캐리어를 들었다. 무게가 상당했다. 이것만 실으면 되죠? 하얀 손님이 고개를 끄덕였다. 건조하고 감흥 없는 눈빛이었는데, 분명 너를 응시하고 있었지만 그 응시 속에 네가 배제되어, 그 시선이 가리키는 방향의 너와 너를 둘러싼 집의 배경이 하얀 손님의 눈동자를 차지한 공백으로 변모한 것만 같았다. 너는 하얀 손님의 눈을 보았지만 눈을 마주치지는 못했다. 그 눈동자 속에는 네 시선이 디딜 수 있는 발판이 없었기 때문이다. 육중한 캐리어를 들고 계단을 내려오면서, 너는 트럭 기사들 사이에 떠도는 괴담 몇을 떠올렸다. 캐리어 안에 죽은 사람이라도 들어 있으면 어떡하냐는 것이었고, 너는 트럭 짐칸에 캐리어를 올리며 슬쩍 지퍼를 열어 보려 했다. 캐리어에 잠금장치가 물려 있었다.

　너는 벙거지를 쓰고 트럭 앞으로 다가온 하얀 손님에게 물었다. 뭐가 들었는데요. 하얀 손님이 대답했다. 읽을 책이랑 옷이에요. 말을 한다기보다는 옹알거리는 듯했고, 깡마른 왼팔에 걸려 있는 편의점 비닐봉지가 달랑거렸다. 밖에서 바라본 하얀 손님의 흰색은 볼품없었다. 눅눅하고 투박한 흰색이었다. 눈두덩으로 미세한 경련이 일었고, 입가에 일어난 헤르페스 자국 때문에 초췌한 인상이었다. 하얀 손님이 굼뜬 동작으로 비닐봉지 안에 손을 집어넣은 뒤 에너지 드링크를 꺼내 네게 내밀었다.

　차량에 탑승한 뒤 너는 조수석에서 안전벨트를 채우는 하얀 손님에게 휴대폰을 건넸다. 하얀 손님이 내비게이션 상단에 목적지의 주소를 적었다. 호주머니에서 약봉지를 꺼내 찢었다. 비닐봉지 안에 들었던 나머지 한 병의 에너지 드링크를 마시며 손바닥 위에 놓인 몇 개의 알약을 입에 털어 넣었다. 너는 트럭에 시동을 걸었다. 어디가 아픈 겁니까. 그러자 하얀 손님은 어물거리며 자신이 어젯밤 한숨도 자지 못했다고 말했고, 지금에 와서 그때의 예감을 접합하면 목적지까지 향하는 길이 평소보다 지연될 것임을 미리 알고 있었던 것도 같다.

　트럭이 덜컹거릴 때마다 하얀 손님이 맥없이 기우뚱거렸다. 하얀 손님이 말했다. 매일 죽고 싶다고 말하던 친구가 있었어요. 저한텐 굉장히 곤란한 애였는데, 하루는 걔가 정말 죽으려고 늦은 밤에 인적 없는 저수지를 찾았대요. 저수지로 이어진 비탈에 야광 등이 달린 모자를 쓴 어떤 아저씨가 낚시를 하고 있었대요. 바로 옆에 낚시 금지 푯말이 있었는데 뻔뻔스럽게 말이에요. 수림에 둘러싸인 으슥한 저수지는 불길한 납빛이었고, 하는 수 없이 불법 낚시꾼이 집으로 돌아갈 때까지 기다리기로 결심한 다음 주변을 어슬렁거리며 시간을 보내고 있었대요. 갑자기 불법 낚시꾼이 험악한 얼굴로 걔를 쏘아보면서, 신고하면 죽을 줄 알아, 내가 얼굴 다 외웠거든, 돈 타 먹으려고 얼쩡거리는 거지, 이렇게 말하면서 주먹을 치켜들었다는 거예요.

친구는 화가 났고, 게다가 그 불법 낚시꾼은 초보자 같았는데, 진득하게 앉아 있기가 어려운지 자꾸 낚싯줄을 당겨서 찌를 교체하고, 혼자서 씩씩거리며 잘못 던져 꼬인 낚싯줄을 풀기 위해 전전긍긍하고 있었답니다. 그런 야단법석이 밤새도록 지속되었고요. 친구는 쪼그려 앉아 불법 낚시꾼을 구경했대요. 트럭이 횡단보도 앞에 정차했다. 너는 에너지 드링크 뚜껑을 열었다. 새벽을 지나며 묘한 친근감이 싹텄다는 겁니다. 불법 낚시꾼의 얄궂은 헛수고, 어이없는 〈자신만의 싸움〉에 목숨을 위임한 셈이니 더 그랬겠죠. 저수지에서 낚시하는 불법 낚시꾼의 모습이 무덤까지 가져가야 할 비밀인 것처럼 생각되었대요. 그 불법 낚시꾼도 제 친구처럼 하루를 공친 셈인데, 몰상식한 으름장에도 불구하고 빈손으로 집에 돌아갈 수밖에 없을 것이며, 빈손으로 돌아가는 일이 싫어 들꽃과 억새를 꺾어 만든 볼품없는 꽃다발을 들고 집으로 돌아갈지도 모를 일이죠.

시간이 새벽 4시를 넘어갈 때쯤엔 부연 안개에 둘러싸여 있던 저수지 주변의 대기가 깨끗해졌고, 수면이 단정하고 신비로운 보랏빛으로 바뀌었대요. 하얀 손님이 시야의 오른쪽 가장자리에서 너를 뚫어져라 쳐다보았다. 너는 하얀 손님을 쳐다볼 엄두가 나지 않았다. 너는 에너지 드링크를 마셨다. 친구는 조심스럽게 불법 낚시꾼 근처까지 다가갔다고 해요. 이 저수지에서 사람이 죽었대요. 불법 낚시꾼이 불법 낚시를 하고 있었는데, 불법 낚시꾼에게 앙심을 품은 친구가 뒤에서 그를 덮쳐 저수지에 자빠뜨렸다는 거죠. 그렇게 읊조리며, 키들거리며 웃는 귀신처럼, 양손을 맹수의 발톱 모양으로 구부린 채 불법 낚시꾼에게 달려갔다고 합니다. 겁에 질린 불법 낚시꾼이 낚싯대를 바닥에 내려놓고 허탈하게 주저앉은 것을 확인한 친구는 그 길로 줄행랑을 놓았대요. 캄캄한 야산을 달려가면서 느꼈던 기묘한 해방감 속에서 오래된 죽음에 대한 강박에서 벗어났음을 깨달았다고 합니다. 그러다 고개를 들었는데, 높게 치솟은 밤나무 우듬지 위에 커다란 검독수리 한 마리가 근엄한 자태로 앉아 있었대요. 어수선한 차들의 틈바구니로 비스듬하게 기울어진 다른 차들이 머리를 집어넣었다. 너는 브레이크를 세게 밟았다. 차체가 출렁거렸다. 도로는 도심을 빠져나가는 외곽 도로를 향해 합류하는 차들로 붐볐다. 간격을 두고 드잡이하는 차들 사이에서 경적이 시끄럽게 귀청을 강타했다.

검독수리가 친구를 내려다보았다고 합니다. 넝마주이 같은 후줄근하고 거무죽죽한 깃털 사이에서 황금빛 부리가 눈부신 열쇠처럼 빛났고, 금방이라도 친구를 습격할 것처럼, 친구를 먹잇감으로 인식한 것만 같은 잔인하고 고요한 동공은 소름이 끼쳤대요. 심장을 비틀어 움켜쥐는 난폭한 경외심을 느꼈다는 겁니다. 친구는 더는 검독수리를 바라보고 있을 수 없었어요. 친구는 제자리에 주저앉아 통곡하기 시작했는데, 죽을 생각을 했던 스스로에게 너무 미안했다는 겁니다. 감정의 방파제가 단숨에 무너졌고, 그렇게 훌쩍거리는 와중에도 검독수리가 금세 자신의 뒷덜미를 낚아챌 것만 같았대요. 살갗 곳곳에서 뾰족뾰족하게 터지는 격렬한 무력감, 온몸의 촉각이 번쩍거리는 듯한 흥분과 전율 속에서 그 어지러운 감각을 환대할 수밖에 없었대요. 이해가 가세요? 너는 대답하지 않았다. 곧이어 질펀한 덩어리가 친구의 정수리를 덮쳤대요. 녹진하고 찐득찐득한 화끈거림이 머리카락에서 뺨으로 흘렀고, 고약한 악취가 났으며, 새벽녘의 축축한 야음 속에서 푸드덕거림이 휘갈겨졌고, 친구는 한동안 검독수리의 배설물 속에서 다시는 그런 꾀죄죄한 청승을 불사할 수 없을 만큼 미친 듯이 훌쩍거렸대요. 검독수리는 그새 어디론가 날아가 버렸고요. 이야기를 듣고 나니 저는 그날 친구가 겪었던 모든 우연한 일들이, 친구의 죽음을 만류하기 위해 설계된 이야기일 수밖에 없다고 생각했어요. 친구를 위해서만 작동하는 정교한 신화.

캑캑거리는 기침 소리…… 너는 갈색 공병에 중독된 것처럼 갈색 공병을 빨고 있다. 하얀 손님은 악몽을 꾸는지 경련하듯 몸을 들썩인다. 큰누나가 집을 나간 다음 너는 오랫동안 큰누나를 죽은 사람이라고 생각했다. 그동안 연락이나 안부를 묻지도 않은 큰누나에 대한 서운함, 정신이 온전치 않은 아버지를 돌볼 사람이 너밖에 없다는 사실에서 오는 외로움이나 원망 때문에 큰누나를 죽은 사람이라고 생각하려 노력했던 것인지도 모르겠다. 그러나 큰누나가 죽었다는 사실을 머릿속으로 암송하면 큰누나가 되살아났고, 너는 연필의 심지나 베개 끄트머리, 책의 모서리나 네 손톱을 빨고 씹으며 되살아나는 큰누나를 네 무의식 어딘가에 매장하려 했다. 그러나 네가 그런 나쁜 버릇들을 고치지 못했으므로, 너는 네 머릿속에서 메아리치는 큰누나의 목소리를 끝장낼 수도 없었다. 그렇게 소식이 끊어졌던 큰누나가 어느 날 네게 전화를 걸어왔던 것이다. 너는 당황했으며, 난데, 나 기억하지…… 너 맞지…… 머뭇거리며 너를 호출하던 큰누나 앞에서 너는 말문이 막혔다. 그리움과 상실감 따위로 척척하게 젖은 실종된 저편에서 너를 부르는 목소리였다.

어린 시절, 네 혀끝은 관음보살의 귓바퀴를 표현하는 소용돌이 모양의 금속 레일 위를 맴돌았으나 관음보살의 귓구멍 안으로 진입하지는 못했다. 귓구멍이 막혀 있었기 때문일지도 모르겠고, 네 혓바닥이 쌀알 크기의 귓구멍 안으로 들어설 만큼 오목해질 수 없었기 때문이었다. 그리고 닥치는 대로 벌레를 죽이던 어린아이였던 너는, 풀밭의 진흙 구덩이 속에서 잡은 민달팽이 한 마리를 돌로 찍어 동강을 냈던 적이 있었다. 바닥에 널브러져 비척거리는 민달팽이의 모습에서 너는 관음보살의 귀를 빨던, 혹은 갈색 공병을 빨던 네 모습을 연상했다. 너는 그때 오늘을 연상했다. 그것은 지금 다음과 같은 충동을 표현하는 것만 같았다: 만약 네 혀가 두 쪽으로 잘린다면, 혀뿌리 쪽에 남은 너는 흥건하게 피를 쏟으며 울부짖고 있을지 모르겠지만, 나머지 반쪽의 살아 있는 혓바닥은 광분한 맹견처럼 껄떡거리며 비좁은 병목을 통과해 갈색 공병의 내부로 진입하고 있으리라는 것. 그렇게 기를 쓰고 기어가는 너의 반쪽 혓바닥만이 신성한 귓구멍의 문턱을 넘을 수 있으리라는 것.

큰누나가 말했다. 내가 이러지 않으려 했는데…… 내가 살림이 조금 어려워. 일주일 뒤에 월급이 들어오는데. 조금 도와주면 좋겠는데. 십만 원이면 돼. 십만 원…… 너는 큰누나의 부탁을 들으며 부아가 치미는 억울함과 분노를 느꼈다. 너는 큰누나에게 화를 냈으며, 빌려줄 돈이 없다는 말을 마지막으로 전화를 끊었다. 큰누나는 아버지의 장례식장에 나타나지 않았다. 너는 그날을 후회했다. 너는 네가 언젠가 큰누나를 아주 무서워했다는 사실을 상기했다. 관음보살을 빨던 네게 겁을 주던 큰누나는 네게 구석에 가서 손을 들고 서 있으라고 말했다. 관음보살은 피어나는 꽃봉오리 위에서 앉아 있었고, 그것은 아름다웠으며, 너는 입이 텁텁해지는 갈증 속에서 관음보살의 부재를 간지럽게 머금고 있었다.

\*

 눈앞에는 짐칸이 동굴처럼 우묵하게 뚫린 덤프트럭 한 대가 서 있다. 너는 하얀 손님에 대한 무관심을 가장하기 위해 동굴 안을 응시한다. 조금만 더…… 조금만 더 나아가면 교통 체증 구간에서 탈출할 수 있을 것이다. 헤드라이트 불빛이 직사각형 동굴 안을 비춘다. 네가 속한 운송 회사의 기사 대기실에는 구식 데스크톱 컴퓨터 한 대가 놓여 있다. 배차계 노인은 모니터 앞에 전동 휠체어를 대고 마우스를 휘저으며 달

력 모양으로 생긴 엑셀 파일을 매만진다. 접수된 배차를 일정표에 진열한다. 게시판에는 일주일 동안의 배차 일정표가 붙어 있다. 운행 대기 시간에 너는 시간을 때우기 위해 배차계 노인과 한담을 나눴다. 배차계 노인이 네게 휴대폰을 건넸다. 인터넷에 나팔떡잎곰팡이라고 검색해 봐. 너는 시키는 대로 했다. 십여 년 전의 단신 기사가 나왔는데, 모 대학의 연구원인 공선영 박사가 세계 최초로 나팔떡잎곰팡이라는 균사를 발견했다는 내용이었다. 봤지? 배차계 노인이 너를 그윽한 눈빛으로 바라보았다. 봤냐고. 너는 고개를 끄덕였다.

배차계 노인은 공선영 박사와 같은 고등학교를 나왔다. 종종 함께 하교하거나 공책 필기를 빌려줄 정도로 친분이 있었는데, 어느 날 손수 접은 천 마리의 학과 용돈을 모아 구입한 백 송이의 장미꽃을 들고 공선영 박사를 불러냈다. 공선영 박사는 배차계 노인을 연애 상대로 인식하지 않았다. 비정한 고갯짓으로 배차계 노인을 거절한 뒤 다시는 아는 척을 하지 않았다. 사반세기가 지나 공선영 박사는 미지의 균사를 발견하고, 현미경 속에서 공선영 박사에게 윙크하는 오각 별 모양의 미생물에게 나팔떡잎곰팡이라는 이름을 붙인다. 배차계 노인의 머릿속에도 나팔떡잎곰팡이라는 단어가 각인된다. 배차계 노인은 공선영 박사에게 거절당한 뒤 한동안 베개를 끌어안고 오열했다고 했다. 이후로도 그때의 기억이 가끔 창피스러웠는데, 사랑의 열병이 격화되었던 이유, 공선영 박사를 다시 없을 것처럼 간절하게 짝사랑했던 참된 이유란 그가 세계 최초로 나팔떡잎곰팡이를 발견할 사람이기 때문이었다는 것을 뒤늦게 깨달았다. 그런 이야기를 나불거리는 배차계 노인의 눈빛에는 희열과 자부심이 가득했고, 아마 자신이 나팔떡잎곰팡이를 세계 최초로 발견할 공선영 박사를 미리부터 사랑할 능력이 있는 사람이라는 사실을 전달하고 싶은 기색이 역력했다.

배차계 노인은 원래 운전기사 출신이었다. 폭우가 퍼붓던 늦은 밤, 운전하던 트럭이 전복되는 교통사고를 겪었다. 재활 치료를 마친 뒤에는 회사 전화로 일감을 접수하고 기사들의 스케줄을 지정하는 업무를 담당했다. 회식을 나가 술기운이 돌면 배차계 노인은 나팔떡잎곰팡이에 멜로디를 붙여 노래를 불렀다. 노래 실력이 나쁘지는 않았는데, 사근사근하게 말끝을 눙치는 가락이 퍽 근사했다. 대기실에서 운행 시간이 다 가올 때까지 시간을 죽이는 동안에도, 모니터 앞에서 입을 오물거리며 나팔떡잎곰팡이에 관한 찬가를 흥얼거리는 배차계 노인의 목소리를 들을 수 있었다. 엑셀 파일 속에서 야외 주차장에 주차된 스무 대의 트럭의 출발지와 목적지가, 예정된 운행 시간이 순차적으로 축적된다. 멜로디가 간단하면서도 애틋해 유치한 가사와 무관하게 어쩔 수 없이 따라 부를 수밖에 없는 매력을 갖고 있었다.

    나는 사랑에 패한 짐승
    나팔떡 나팔떡 나팔떡
    잎곰팡 잎곰팡 잎곰팡
    다시는 사랑하지 않겠어

    나팔떡을 먹고
    옆구리가 터진 잎곰팡을
    생각하지 않겠어
    나는 여기서 노래를 부르네

    나팔, 떡잎, 곰팡
    이로써 완성되었어
    천 마리의 학과
    백 송이의 장미꽃

    나팔떡 나팔떡 나팔떡

잎곰팡 잎곰팡 잎곰팡

나는 사랑에 패한 짐승

나팔떡잎곰팡이

  너는 갈색 공병을 빨고 있다. 배차계 노인에게서 전염된 노래를 옹알거리며, 내비게이션 화면을 확대해 목적지의 지형을 살핀다. 야산 안쪽에서 단절된 도로 주위로 파랗게 표시된 저수지가 있다. 너는 상상한다. 그곳에는 늠름한 검독수리 한 마리가 허공을 날고, 사람 몇이 익사한 저수지가 감기지 않는 눈동자처럼 동그랗게 밤하늘을 응시하며, 수면에 낚싯줄을 드리운 불법 낚시꾼이 저수지에 도착할 하얀 손님을 기다린다. 너는 고르게 숨을 내쉬는 하얀 손님의 기척을 외면한다. 대체 무슨 꿈을 꾸고 있는 걸까? 아버지의 염습을 참관했을 때, 드러누운 아버지의 시신 곁에서도 너는 생각했다. 대체 무슨 꿈을 꾸고 있는 걸까? 너는 전적인 공허를 상상할 수 없었다. 삶은 전적인 공허를 다채로운 꿈으로 채색하고, 죽음은 깊은 잠이며, 잠은 번지점프처럼 되돌아올 것이 예정된 심연으로의 낙하다. 죽은 사람들은 너의 삶을 통해 꿈을 꾼다. 죽은 사람들은 근린공원의 정자에 앉아 있다. 실종된 사람들 또한 살아간다. 네 눈앞에 없는 자들이 살아간다. 네 눈앞에 없는 자들이 죽어 가며, 근린공원의 정자에 몸을 묶고 캄캄한 부재를 향해 뛰어내린다. 너는 큰누나를 죽은 사람이라고 생각했지만, 네가 견딜 수 없었던 것은 큰누나에게서도 네가 죽은 사람이 되었다는 사실이 아니었나.

　너는 갈색 공병을 빨고 있다. 이건 정말 나쁜 버릇이야. 앞으로는 절대 그러지 않겠다고 약속해. 너는 이제 기능하지 않는 환상적인 금지를 빨고 있다. 너는 그 환상적인 금지를 위반하며 너는 그 환상적인 금지를 보살핀다. 너는 병목을 할짝거리며 너의 뇌리에 잡음처럼 남은 환상적인 금지를 사랑한다. 너는 허밍한다. 네 시야의 왼쪽 가장자리에서 검은 차창들이 지나가고, 네 시야의 오른쪽 가장자리에서 하얀 유빙 한 조각이 검은 바다 아래로 고꾸라진다.

　너는 갈색 공병을 빨고 있다. 너는 묶여 있고, 갈색 공병이 네 입가를 선회할 때마다 너는 네가 결박된 장소를 향해 조여든다. 너는 태엽을 감고 있다. 시야가 원반처럼 소용돌이 모양으로 회전한다. 시각의 혼란이 환한 동굴 안쪽에서 하나의 점으로 모인다. 환한 동굴의 중심에 포대 자루 하나가 엎어진 채 놓여 있다. 너는 늘 신의 발가락을 빨고 있다. 너는 늘 신의 꼬리뼈를 빨고 있고, 너는 늘 신의 뿔을 빨고 있고, 너는 늘 신의 성기를 빨고 있으며, 너는 할딱거리며 입맞춤하고, 벅찬

호흡으로, 음란하고 열정적으로, 사악하고 끈질기게, 언젠가 신이 네게 충분히 맛봐도 좋다고 말했던 마춰진 세계의 주둥이를 빨고 있다. 너는 아무런 맛이 나지 않는 갈색 공병에 키스를 퍼부으며 세차고 질퍽질퍽한 관능의 환류 속을 표류하는 신의 잔해를 빨고 있다. 갈색 공병이 손아귀에서 윙윙거리며 공명한다. 그것은 신이 네게 떼어 준 딱딱하고 냉담한 주검의 맛이다. 너는 두통을 느낀다.

환한 동굴 속의 포대 자루가 꿈틀거린다. 포대 자루는 누에고치를 닮았고, 먼지가 내려앉은 포대 자루의 잿빛 표면에서 질긴 내부를 더듬거리고 쥐어뜯는 것만 같은 움직임이 사방으로 번진다. 포대 자루가 요동친다. 껍질을 찢고 나오려는 곤충의 움직임을 연상시키는데, 젤라틴처럼 말랑말랑하고 시허연 단백질 속에서 뻣뻣한 나뭇가지 같은 관절의 절편들이 치솟고, 한 겹의 연약한 날개를 단단한 칼집처럼 보호하는 키틴질의 외골격이 발생한다. 그렇게 형체를 갖추려는 듯하다가도 다시 허물어지는 그 무정형한 육체는 들썩거리는 질긴 피막 아래의 발버둥으로만 식별될 뿐이다. 끈끈이 수렁 속에 빠져 허우적거리는 망쳐진 유충처럼 억류된 포대 자루를 벗어나지 못한다.

너는 갈색 공병을 빨고 있다. 누군가 포대 자루 안쪽을 긁고 있다. 옆구리에서 손인지 발인지 모를 몸부림이 표면을 밀친다. 포대 자루의 대칭이 와해된다. 나동그라진 포대 자루가 짐칸 안쪽을 뒹군다. 포대 자루를 탈피하려는 절규의, 발작의, 끊임없이 무산되는 변신의 의지가, 치열하면서도 쓸모없는 탄생과 생존의 맹목이 전시되듯 답답하면서도 역동적인 몸짓이 포대 자루 표면으로 움트며 진동한다. 발아하려는 씨앗처럼, 혹은 죽은 씨앗 속에서 괴사하는 나무처럼, 미친 듯이 밀고 올라가려는 힘을 미친 듯이 틀어쥐려는 팽팽한 힘겨루기 속의 몸부림처럼. 여러 개의 손바닥 자국, 억제된 내부를 뚫고 나오려는 익명의 몸짓이 포대 자루 표면으로 솟구친다. 포대 자루가 허덕이는 반죽처럼 사방으로 늘어났다가 다시 수축한다. 몇 명의 인간? 몇 명의 인간이 포대 자루에 갇혀 있고, 목소리도 얼굴도 없는, 견고한 표면에 부딪히는 내부의 저항감으로만 존재를 주장하는 덩어리진 생물이 울렁거리는 포대 자루 안쪽에서 악다구니를 치고 있다.

너는 갈색 공병을 빨고 있다. 네 시선이 환한 동굴 속으로 곤두박질한다. 덤프트럭이 멀어진다. 너는 포대 자루를 더 자세히 살피기 위해 아슬아슬할 때까지 네 트럭을 덤프트럭의 꽁무니에 맞붙인다. 배기구에서 연기가 펄펄 흩어진다. 너는 차창을 바라본다. 하얀 손님은 차창에 얼비친 흐리터분한 잔광 속에서 지친 표정으로 혼곤하다. 하얀 손님은 너와 동행하는 중이나, 도로를 장악한 무의미한 거대함에서 홀로 떠나가 자신만의 아늑한 낙원에서 뜻 모를 미소를 짓고 있다. 너는 하얀 손님의 입꼬리가 미세하게 경련하는 것을 바라본다. 너는 그것을 질투한다. 하얀 손님은 굳어진 채 그대로, 너는 하얀 손님의 어깨를 움켜쥐고 그를 흔들어 깨우지 않는다. 금지된 낙원…… 금지된 포대 자루 속의 심연…… 운전석을 표류하는 네 시선이 비릿한 관념의 자물쇠를 빨고 있다. 내비게이션 화면에 표시된 정체 구간은 이제 얼마 남지 않았다. 정체가 풀리면 너는 덤프트럭을 놓칠 것이고, 차들을 서로 옥죄었던 사슬은 해체되어 모든 차량이 저마다의 방향으로 일제히 질주하기 시작할 것이다.

    너는 포대 자루에서 시선을 피해 룸 미러로 시선을 옮긴다. 이제 네 시선에는 휴식할 수 있는 피난처가 없다. 눈꺼풀이 떨리고, 네게로 조향이 된 룸 미러 속에 갈색 공병을 빠는 네가 있다. 순간 등줄기가 오싹해진다. 거울에 비친 네 입술이 엉망으로 그린 립스틱 자국처럼 칠갑한 피로 범벅이 되어 있다. 너는 엄지와 검지로 네 윗입술을 꼬집어 뒤집는다. 네 잇몸과 혓바닥에 생긴 미세한 생채기에서 피가 선명하게 맺혀 고동친다. 시야가 휘청거린다. 너는 갈색 공병을 내려다본다.

동그란 병목의 둘레에 예리하게 절단된 부분, 끄트머리가 접시 모양으로 날카롭게 깨어진 흔적이 있는데, 너는 네가 지금까지 파열한 칼날을 물고 있었던 것임을 으르렁거리는 셰퍼드가 네게로 달려드는 것처럼 신속하게 자각한다.

　너는 갈색 공병을 운전석과 조수석 사이의 거치대에 내팽개친다. 휘감기는 갈색 공병이 칼날을 음미하는 네 입술 안쪽의 연약한 살갗을 도려낸다. 너는 뒤늦게 네게로 다다른 통증의 맥박 속에서, 림프샘을 두들기는 규칙적인 자해의 리듬 속에서, 부드럽고 거의 느낄 수 없을 정도로 은밀하게 네 구강을 할퀴던 갈색 공병을 아직 물고 있는 것만 같은 거북하고 불쾌한 감각을 느낀다. 너는 혀로 입속을 쓰다듬는다. 입술 안쪽을 짓이기듯 압박하고, 흐르는 피를 지혈하기 위해 목구멍으로 혓바닥을 빨아들인다. 너는 너의 피를 빨고 있다. 너는 너의 혀를 빨고 있고, 언제쯤 병목이 깨졌던 것인지를 떠올리며 주위를 둘러보지만 깨진 병목에서 떨어졌을 유리 조각은 보이지 않는다. 네가 그것을 삼켰는지도 모른다. 네가 교통 체증 구간에 갇혀 신음하는 동안, 삶과 죽음을 가르는 잔인한 칼날이 네 혓바닥 위에서 빙글빙글 춤을 추었는지도 모른다. 너는 더는 참을 수 없는 기분을 느낀다.

　그러나 대체 무엇을? 너는 충격을 받은 용수철처럼 난데없이 차 문을 열고 밖으로 나간다. 너는 헤드라이트 불빛으로 번뜩이는 차들 사이를 어정거리며 지나친다. 후방의 차들이 도로로 튀어나온 네게 일제히 경적을 울린다. 곳곳에서 징을 치는 것만 같은 쨍한 소음이 네 심장 소리를 증폭시킨다. 소음에 얻어맞은 네 눈앞이 공황으로 지워지고, 그러나 네게는 중요한 일이 있으며, 너는 담을 타는 좀도둑처럼 환한 동굴 아래쪽의 받침대에 발을 걸고 안쪽으로 뛰어오른다. 너는 무의미한 거대함을 향해 담을 타는 좀도둑일 뿐이며, 네게는 지금 하나의 길이, 환한 동굴 안쪽을 향해 너를 이끄는 동물적인 경향의 외침과 두근거리는 충동의 화살표가 놓여 있을 뿐이다. 너는 그 번뜩이는 화살표를 따라 걷는다. 짐칸의 철제 바닥이 네 걸음걸이에 텅텅거리며 울린다.

너는 평행대 위를 통과하듯 팔을 펼치고 조심스럽게 포대 자루를 향해 접근한다. 바닥에 쪼그려 앉는다. 다급하게 포대 자루 표면을 뜯어낸다. 굼지럭거리는 누군가의 어깨와 무릎이 만져진다. 가슴이 졸아든다. 너는 초조하고, 이처럼 네 무모한 광기가 아니었다면 금방이라도 사멸할 것 같은 안쓰러운 희망을, 마음 한가운데로 샘솟아 탄생하려는 사나운 선의를 느낀다. 괜찮아요. 제가 할게요. 조금만 기다려요. 너는 낑낑거리며 포대 자루를 파헤친다. 비죽 튀어나온 포대 자루 입구를 동여맨 노끈을 풀자 부풀었던 포대 자루가 움푹하게 꺼진다. 너는 개방된 포대 자루 안쪽에서 우르로 쏟아지는 물큰하게 썩은 양파들을 내려다본다. 너는 쓰라린 손바닥을 바지에 닦으며 뒤를 돌아보는데, 몇 미터 정도 물러난 도로 한가운데, 우두커니 정차한 네 트럭 주위로 엄청난 혼란이 일어나, 철 가면을 쓰고 있는 것만 같은 수많은 차량이 날갯짓하듯 방사형으로 갈라지며 차선을 변경하고 있다. 네 트럭의 운전석이 비어 있다. 하얀 손님은 깨어나지 않는다.

\*

너는 나아간다. 입술의 상처를 손수건으로 닦으며, 네게서 탄생했던 사나운 선의를 찢고 나타난 부패한 환멸의 감각을 곱씹으며, 선의도 환멸도 네 변변찮은 착시가 일으킨 불운에 불과하다는 생각, 혹은 공상적인 시련에 불과하다는 생각으로…… 너는 시속 백 몇십 킬로미터로 달그락거리는 트럭의 운전석에 앉아 있다. 너는 터널을 통과한다. 시야의 가장자리에서 무지갯빛 표시등이 점멸한다. 너는 터널 천장의 환풍구에서 돌아가고 있을 거대한 프로펠러를 상상한다. 절그럭거리며 공중을 속절없이 자르는 프로펠러. 눈앞에서 마름모꼴

광채들이 순간에 나타났다가 사라진다.

  너는 찰나에 어떤 기억의 조각 하나를 떠올린다. 집을 나갔던 큰누나가 어쩐 일인지 집에 귀가했던 날이었다. 큰누나는 품에 담요로 둘둘 말린 갓난아이를 안고 있었다. 큰누나가 네게 물 한 잔을 부탁했다. 너는 물컵을 들고 안방 침대에 눕힌 아이를 바라보았다. 뒤척이는 아이의 손발이 허공을 휘저었다. 큰누나는 옆에 드러누워 아이의 이마를 손가락으로 가벼이 문질렀다. 네 조카야. 너는 그때 조카라는 말이 갸우뚱했으나, 너무 연하고 둥실둥실한 아이 앞에서 약간 겸연쩍은 기분을 느꼈다. 소중한 무언가를 앞에 두고 있는 사람이 느낄 법한 어색함이나 망설임, 그를 바라보는 자신의 존재가 염려스러워지는 조마조마한 두려움이었다. 너는 큰누나에게 아이의 이름을 들었지만 지금 아이의 이름은 생각나지 않는다. 다만 아이가 조가비처럼 생긴 발을 꼼지락거렸고, 큰누나가 그 발을 만져 보라고 말했던 것은 선명하게 떠오른다. 좋은 향기가 나는 말랑말랑한 발이었다. 신기한 촉감이지 않니. 큰누나는 그 발이 한 번도 바닥을 디디지 않은, 따라서 어떤 곳으로도 떠난 적이 없는 순수한 발이라고 말했다.

  순수한 발. 큰누나는 그 아이를 아버지에게 맡기려 했던 것 같다. 그날 밤 아버지와 큰누나는 크게 싸웠고, 네 기억에 따르면 아이는 보육원에 들어가게 되었으나…… 그마저도 빈곤한 기억이라 큰누나가 자신의 아이를 직접 키우기로 했는지 어떤지는 확신할 수 없었다. 너는 트럭의 시동을 끈다. 창밖으로 야산이 거무죽죽하게 펼쳐지며, 맥이 풀려 음울한 고단함 속에 고립된 것만 같은 기분이 든다. 하얀 손님은 곤하게 잠들어, 마치 네가 그를 깨우지 않는다면 영영 그 자리에서 일어나지 않을 것만 같다. 너는 망설인다. 네가 하얀 손님의 어깨를 쥐고 흔드는 장면이 떠오르는데, 하얀 손님의 어깨가 드라이아이스처럼 싸늘해 그동안 네가 풀 죽은 시신을 태우고 운전했던 것임을 깨닫게 될 것만 같다. 그러나 곧이어 하얀 손님의 눈꺼풀이 부드럽게 열린다. 너는 안심한다.

너는 짐칸에서 캐리어를 내린다. 하얀 손님은 눈을 껌뻑거리며 기지개를 켠다. 우두커니 서 있는 하얀 손님에게 캐리어 손잡이를 건넨다. 하얀 손님이 네게 인사한다. 여기 뭐가 없는 것 같은데…… 도로가 막혀서 늦었어요. 너는 변명하듯 읊조리고, 하얀 손님은 졸음 속에서 정신을 차리지 못하다가 다친 네 입술을 흘겨본다. 네, 안녕히 가세요. 너는 트럭에 오른다. 차창 밖으로 하얀 손님이 캐리어를 끌고 야산 안쪽으로 들어서는데, 야음 저편으로 희박해지는 하얀 손님은 캐리어의 무게가 거의 느껴지지 않는 것만 같은 홀가분한 걸음걸이다. 너는 내비게이션의 목적지를 네 회사로 지정한 뒤 지도를 확대한다. 너는 지금껏 하얀 손님이 너와 함께 여행했던 것임을 알게 되고, 입술이 부르틀 때까지 갈색 공병을 빨고 있었던 까닭을 생각하며 그 공교로운 결속이 신비롭지만, 네가 도착한 장소는 하얀 손님의 목적지이며 너는 출발했던 장소로 되돌아갈 것이다.

하얀 손님이 캐리어를 끌고 멀어지는 야산의 오른쪽 길에는 저수지가, 왼쪽 길에는 암자 한 채가 있다. 그러므로 네 시야의 오른쪽 가장자리에는 저수지가, 네 시야의 왼쪽 가장자리에는 암자 한 채가 있다. 이곳은 아니었지만, 너도 언젠가 암자에 방문했던 기억이 있었다. 검소하게 차려진 본당 안에서 합장하는 관음보살을 구경했고, 안쪽의 어두컴컴한 봉안당으로 입장하자 청각이 사라지는 듯한 밀도 높은 정적이 너를 낚아챘다. 비좁은 복도를 서성거리는 네가 봉안당의 불청객이 된 것만 같았다. 목제 선반 위로 가지런하게 진열된 항아리들을 바라보는데, 일순간 봉안당을 에워싼 숙연한 적막이 너를 그들 가운데 일부로 만드는 듯했다. 너는 그 까마득한 느낌에 진저리를 쳤다. 항아리들 옆에 수첩이 걸려 있었다. 너는 사인펜으로 적힌 삐뚤빼뚤한 낙서들을 읽었다. 또 왔어. 나중에 다시 올게. 네가 그리워. 나 결혼해. 엄마가 아프대. 멀리서 응원해 줘. 항상 사랑해. 돌아와. 너는 수첩을 닫고 봉안당을 나왔다.

이사하는 사이
한유주

저녁까지 열어 둔 창문을 통해 선선한 바람이 불어 들어왔다. 커튼이 달리지 않은 창문들이 제대로 맞물리지 않아 희미하게 삐걱거리는 소리가 났다. 형광등 불빛 아래 수많은 물건이 널브러져 있었다. 산희가 균미와 짧은 통화를 끝냈다. 그제야 이사를 막 마쳤다는 게 실감이 났다. 산희는 휴대폰 화면에 묻은 얼굴 자국을 엄지로 문질러 지우며 집 안을 둘러보았다. 포장 테이프를 뜯지 않은 상자들, 책장에 엉망으로 꽂힌 책들—산희는 책을 분야나 내용, 혹은 크기와는 관계없이 색깔별로 정리하는 습관이 있었다—과 직접 정리하겠다며 뜯지 말라고 한 옷이 담긴 커다란 비닐봉지들이 보였다. 산희 자신을 비롯해 이삿짐센터 직원들이 분주하게 돌아다닌 결과인 땀 냄새가 집 안 공기에 은은히 배어 있었다. 닫히지 않은 창문으로 아마도 아랫집에서 전기밥솥이 취사를 완료했다며 자신만만하게 증기를 내뿜는 소리가 들려왔다. 아랫집이면 302호겠지, 주인집은 멀리 산다고 했고…… 부동산 중개인은 열세 평짜리 집치고는 구조가 좋다며 거실과 침실이 제대로 분리되어 있다고 했었다. 멀리 산다는 집 주인은 열심히 고개를 끄덕이더니 이렇게 말했다.「우리도 세입자를 가려 받아요.」

산희는 무심코 책장으로 다가가 안쪽이 보이도록 잘못 꽂힌 책을 바로잡다 누군가에게 빌려준 기억이 있지만 돌려받지 못했다고 생각했던 책을 발견했다. (그 누군가와 책의 정체를 우리는 모른다.) 균미는 이런 게 이사의 묘미라고 했었다. 영영 잃어버린 줄 알았던 귀걸이 한 짝 같은 물건들을 꽤나 여러 개 되찾을 수 있다고 했었다. 하지만 귀걸이 한 짝은 나오지 않았다. 애초에 산희는 귀걸이를 하지 않으니까……. 산희는 되돌아온 책을 펼치다 한쪽 귀퉁이가 접힌 페이지를 열었다. 〈향초를 발견한 건 욕실 근처였다.〉 이런 문장에 밑줄이 그어져 있었다. 산희의 흔적은 아니었다. 왜 이런 평범한 문장에 따로 표시를 했을까? 산희는 아무렇게나 책을 훑어보고 다른 흔적은 발견하지 못했다. 그러는 사이 실내가 조금 더 어두워져 주방 쪽 등을 더 켰다. 며칠 잔짐을 정리하는 동안 또 어떤 의외의 물건들이 나올까, 궁금했지만 기억나지 않는 걸 기억할 수는 없었다.

이삿짐센터 직원들의 정리법과 크게 다르지 않게 되는 대로 책을 옮겨 꽂다 보니 배가 고팠다. 산희는 배달 앱을 켜고 간단한 식사를 주문하려는데 이사 온 집 주소가 기억나지 않았다. 그새 까먹은 거야? 노트북과 지갑 등을 따로 챙겨 넣어둔 배낭에서 계약서를 꺼냈다. 동 하나 바뀌었을 뿐이었다. 빌라 외관도 전에 살던 집과 크게 다르지 않았다. 게다가 똑같이 402호잖아. 내일 일어나자마자 전입 신고를 해야지. 요새는 주민 센터라고 하던가? 그간 명칭이 또 바뀐 것 같던데, 아닐 수도 있고. 산희는 계약서에서 주소를 확인하고 김밥 네 줄을 주문했다. 일인분만 시켜도 최소 배달 금액을 충족하는 집을 찾을 수 없었다. 주문을 끝내자 그릇이며 수저가 제대로 정리되어 있는지 궁금했다. 싱크대 서랍을 열자 산희가 이전 집에서 쓰던 세간살이들이 다소 낯선 모습으로 들어 있었다. 찬장에는 몇 개 되지 않는 그릇들과 유리컵, 텀블러, 채칼 따위가 가지런히 놓여 있었다. 정수기 업체에 연락해야 하고…… 아, 인터넷 연결을 깜박했네. 이런 생각을 하며 작은 접시와 젓가락 한 쌍을 꺼내 싱크대 상판에 올려놓았다. 이번에는 식탁을 살까? 산희는 특별히 절약하며 살아온 건 아니었지만 굳이 필요하지 않은 물건을 사는 편도 아니었다. 되는대로 살았다고 할까. 짝이 맞지 않는 커피잔 몇 개는 이번에 이사하면서 전부 버렸고…… 필요한 물건을 사지 않고 최대한 미루는 경우도 많았다. 아니, 그보다는 필요한지 아닌지 잘 모르겠는 물건들, 예를 들면 일인용 식탁처럼. 그간 산희가 집에서 식사하는 드문 일은 주로 책상에서 이루어졌다. 그러나 밥 먹을 때는 밥 먹는 일에만 집중하라는 일종의 잔소리를 밥 먹는 책상에서 보던 유튜브 영상을 통해 들은 이후로 식탁은 필요한 품목에 가까워지고 있었다. 식탁을 책상으로 쓸 수도 있지 않나. 필요하다면. 찬장에서 유리컵을 꺼내 수돗물을 받고 있는데 초인종이 울렸다. 전에 살던 집과 똑같은 멜로디였다. 현관문을 열자 배달원은 이미 빠르게 계단을 내려가고 있었다. 산희는 문을 닫다가 신발장 손잡이에 오른쪽 팔꿈치를 찧었다.

산희는 치즈김밥 한 알을 입에 넣고 우물거리며 정말로 필요한 건 무엇인지 생각했다. 전구와 AAA 사이즈 배터리 한 팩, 화장실 휴지는 반드시 필요했다. 전 세입자가 벽에 남겨둔 흔적인 에어컨 배관 구멍이 눈에 띄어 저런 걸 가릴 만한 물건—액자?—도 필요하겠다고 생각했다. 자는 방이 동향이니 하루 자보고 햇빛이 지나치게 많이 들어온다면 암막 커틈을 치거나 암막 시트지를 붙여야 했다. 균미가 옳았다. 뭐든 살아 보고 천천히 해도 돼. 그러나 산희는 김밥 한 줄을 먹어치우자마자 찬장 구석에 붙어 있던 벽시계 모양 스티커를 뜯으려고 시도했다. 하지만 접착 면의 고집이 의외로 완고해서 가장자리를 손톱만큼 뜯어내고 실패를 선언하지 않을 수 없었다. 차라리 뜯지 말걸, 억지로 뜯어내려다 실패한 스티커는 전보다 흉했다. 이런 걸 제거할 때 쓰는 제품 이름은 뭐더라, 세탁조를 청소할 때 쓰는 건 구연산이던가? 과탄산수소였나? 산희는 다소 무력함을 느끼며 습관적으로 냉장고를 열어 보았지만 텅 비어 있었다.

급한 대로 필요한 물건들을 사려면 마트에 다녀와야 했다. 산희는 신발장을 열어 슬리퍼를 찾았다. 맨 위쪽 칸에 가지런히 놓인 슬리퍼를 꺼내는데 신발장 한쪽 구석에 배가 불룩한 편지봉투가 있었다. 순간 놀랐지만 전 세입자가 남겨 두고 간 물건인가 싶어 봉투를 열었다. 안에는 노란색과 빨간색 부적 하나와 접이식 과도가 들어 있었다. 산희는 불쾌했다. 부적도 칼도 짜증을 불러일으켰다. 부적을 쓴 얇은 종이가 나풀거렸다. 혹시 새로운 세입자인 자신을 저주하거나 하는 부적인 건 아닌가 싶어 사진을 찍어 챗지피티에 물었으나 재수 대통 부적일 가능성이 높다는 답변에 조금 마음을 누그러뜨렸다.

익숙한 마트에서 장을 보고 낯선 집으로 돌아왔다. 다음 날 출근하려면 자정 전에는 자야 했다. 그 전에 조금이라도 정리를 마칠 수 있을까. 도어 록 배터리부터 교체하고 비밀번호를 바꾸었다. 옷 비닐을 뜯어 계절이나 활용도와 관계없이 아무렇게나 옷장에 걸었다. 그런데도 삼십 분이 넘게 걸렸다. 화장실은 딱히 건드릴 것이 없었다. 수건 몇 장과 샴푸, 비누, 화장지 정도가 전부였다. 전 집에서 쓰던 이불과 베갯잇을 세탁하려고 다용도실에 들어가는데 무언가 발에 걸렸다. 작은 벌레들이 분주히 도망치는 소리가 났다. 산희는 입술을 깨물고 천장을 한번 올려다본 다음 다용도실 불을 켰다. 벌레가 아니라 쌀알들이 흩어져 있었다. 하얗고 작은 사기그릇이 요란한 소리를 내며 회전하고 있었다. 향을 피웠는지 재가 날렸다. 미미하게 탄 냄새가 났다. 사기그릇의 회전이 게을러진 팽이처럼 잦아들고 소리도 작아지는 동안 산희는 세탁기에 빨랫감을 욱여넣었다. 내일 하자, 아니면 주말에 해도 되니까. 이삿짐센터와 계약할 때 비용이 가장 저렴한 날을 골랐더니 화요일이었다. 짐이 많지 않으니 맡겨 두고 출근했던 것이 패착이었나, 와서 짬짬이 들여다봤더라면 부적이니 쌀 그릇이니 하는 건 진작 치울 수 있었을 텐데.

  김밥을 포장했던 은박지를 구겨 버리려는데 쓰레기통이

보이지 않았다. 쓰레기통은 침실에 있었다. 그것을 들고 주방 겸 거실이라는 작은 공간으로 가지고 나왔다. 더 늦기 전에 청소기라도 돌려야 할 것 같았다. 그런데 이번에는 청소기가 보이지 않았다. 다용도실을 한 번 더 확인했다. 화장실도 확인했다. 포장된 상자는 모두 세 개였다. 그러나 크기를 볼 때 그 안에 청소기가 들어 있을 성싶지는 않았다. 설마 자신도 모르는 사이 넣었나 싶어 옷장을 열었다. 걸어 둔 옷들과 쌓아 둔 옷들을 뒤지다 몇 해 전 프랑스에서 충동적으로 구입했던 값비싼 신발 상자가 보이지 않는다는 걸 깨달았다. 산희는 옷장 구석구석을 세심히 뒤졌다. 그러나 아무리 헤집고 서랍을 뒤적거려도 신발 상자가 보이지 않았다. 혹시나 싶어 신발장을 다시 열어 보았지만 그 안에도 없었다. 한 번도 신지 않은 신발이었다. 언젠가 균미에게 자랑했더니 그 애는 검은색 벨벳으로 만들어진 신발을 보고는 장례식에서 신을 거냐며 비웃었다. 옷장 안에 모셔 두고 신지 않은지 서너 해가 지나자 산희는 정말로 그렇게 될지도 모르겠다고 생각한 적이 있었다. 핸드폰을 보니 오후 8시 반이었다. 전화해도 실례가 되지 않을 시간 같았다. 산희는 이삿짐센터 반장에게 전화를 걸었다. 반장은 귀찮다는 호흡으로 대답했다. 「우리는 보통 작업이 다 끝나는 시간에 트럭 안을 꼼꼼히 확인합니다. 오늘도 마찬가지였고요. 누락된 물건은 있을 수가 없어요.」 산희는 알겠다고, 죄송하다고 말하고 전화를 끊었다.

　결국 포장 상자 세 개를 다 뜯어 안을 확인했다. 두 번째 상자에서 철명의 지갑이 나왔다. 산희는 그 낡은 검은색 가죽 지갑이 철명의 것이었다는 사실을 바로 인지했다. 닳아서 표면이 반들반들해지고 모서리가 다 해진 그 지갑이 왜 제 집에 있었을까? 종교가 없던 철명은 난데없이 신을 찾기 시작하고 한두 해 지났을까, 목회자로 살겠다며 산희에게 작별을 고하고 미국으로 떠났다. 산희는 지갑 안을 열어 볼 생각도 하지 않고 그대로 쓰레기통에 던져 넣었다. 세 번째 상자에 신발 상자가 들어 있었다. 산희는 오랜만에 신발을 꺼내 신어 보았다. 발이 좀 부었는지, 혹은 맨발이어서인지, 혹은 체중이 늘었는지 부드러운 벨벳 신발이 산희의 두 발을 움켜쥐는 듯했다. 특히 왼쪽 발이 아팠지만 오래된 새 신을 신고 작은 거실을 몇 걸음 걸어 보니 뭐든 괜찮을 것 같았다. 검정 벨벳이 윤기를 좀 잃은 것도 같았지만 괜찮았다. 괜찮다, 괜찮아…… 한참을 괜찮다고 되뇌다 신을 벗어 다시 상자에 넣는데 생각이 났다. 청소기.

　시간을 확인하니 9시 10분이었다. 10시 전까지는 괜찮지 않을까, 산희는 생각하며 이삿짐센터 반장에게 다시 전화를 걸었다. 반장은 신호가 한참 간 뒤에야 전화를 받았다. 계약서를 작성할 때의 사근사근한 인상과는 달리 불퉁하고 퉁명스러운 목소리였다. 산희는 청소기의 행방을 물었다. 반장은 더는 대답할 가치도 없다는 듯 말없이 전화를 끊었다.

균미라면 이럴 때 어떻게 할까? 지체하지 않고 균미에게 전화했다. 균미는 느긋하게 말했다. 「내일 찾아도 되잖아? 짐 정리 끝난 거 아니라며. 정리를 다 했는데도 없으면 둘 중 하나지. 전 집에 두고 왔거나, 이삿짐센터 사람들이 쓰레기인 줄 알고 버렸거나. 본가에서 쓰던 거 받아서 그다음에도 십 년 넘게 쓴 거 아니야?」 다정함과 신랄함이 뒤섞인 말을 듣자 마음이 차분해졌다. 균미는 이렇게 덧붙였다. 「너 그러다 다음에 이사할 때 그 이삿짐센터에서 안 받아 줄 수도 있어.」 정말 그런가? 물어볼 수 있는 건 아닌가? 그쪽에서 실수할 수도 있잖아. 산희는 전화를 끊으며 시간을 확인했다. 자정까지 두 시간 넘게 남아 있었다. 내친김에 정리를 마치기로 했다. 책장은 천천히 손대기로 하고…… 옷들을 계절별로 분류하고 출근할 때 자주 입는 종류는 옷장을 열자마자 보이는 곳에 걸었다. 니트류는 가지런히 개어 서랍에 넣었다. 낯선 손길이 함부로 닿을까 꺼림칙해 따로 검은 봉투에 담아 리빙 박스에 넣어 두었던 속옷들도 정리했다. 침실과 주방을 계속해서 오가니 발바닥이 까매졌다. 샤워까지 하려면 서둘러야 했다. 마지막 포장 상자에 들어 있던 잡동사니들 — 향초, 주방용 타이머, 실리콘 얼음 틀, 양철 사탕 통 따위 — 을 싱크대에 올려 두자 진이 다 빠진 기분이었다. 상자를 접고 뜯은 테이프를 뭉쳐 쓰레기통에 넣었다. 집 안은 확실히 정돈되어 보였다. 하지만 청소기가 없었다. 청소기만 한 번 돌리면 이사를 다 마쳤다는 기분이 확실해질 텐데. 산희는 접은 상자를 재활용장으로 내리면서도, 4층으로 올라오면서도, 옷을 벗으면서도, 샤워기로 머리부터 적시면서도, 샴푸를 묻히면서도, 이를 닦으면서도, 몸을 닦고 머리를 말리면서도 청소기의 행방이 궁금했다. 족히 이십 년 전에 제조되었을, 이제는 맞춤 필터도 구하기 힘들 것이고 유선이지만 산희의 조그만 생활 공간 안에서는 딱히 문제 될 것이 없는 청소기를 되찾고 싶었다. 자정이 지났다. 산희는 낯선 냄새가 밴 침대에 누워 어두운 천장을 바라보다 이내 깊이 잠들었다. 여전히 열려 있는 주방 겸 거실 창문으로 밤바람이 조용히 불어 들었다.

눈을 떠보니 아직 새벽이었다. 초여름의 해가 뜨기 전이었다. 산희는 이불을 머리 위로 끌어올렸다가 천천히 몸을 일으켰다. 수돗물을 받아 물을 끓이다 창문을 닫았다. 추워서 깬 모양이지. 물 사 오는 걸 잊었네. 그래도 커피는 사 와서 다행

이야. 산희는 분말 커피를 머그잔에 쏟으며 생각했다. 그런데 전 집에서 먹다 남은 커피는 어디 들어 있지? 어쨌거나 지나치게 일찍 일어난 덕분에 출근 전까지 여유가 있었다. 6시도 되지 않은 시각이었다. 주방은 어둠에 잠겨 있었다. 전날 많은 것을 정리해 두어 디테일에는 오류가 많긴 해도—향초는 인덕션 위에, 신발 상자는 책장 한 칸에, 주인 모를 부적과 과도는 신발장 옆에 그대로 있는 식이었다—집 안이 어영부영 하나마 깔끔하고 쾌적하게 보였다. 여기에 청소기를 한 번 돌렸다면 좋았을 텐데. 청소기를 되찾아야 해. 마침내 해가 뜨려는지 주방 겸 거실 창문으로 빛이 스며들기 시작했다. 그러자 산희에게는 모든 것이 잘될 거라는, 이제 다 괜찮아질 거라는 확신이 조금씩 생겨났다. 한데 확신이라면 처음부터 백 퍼센트 강고해야 하는 건 아닐까? 조금씩이 아니라. 하지만 산희 안에서 누구나 분명히 확신이라고 단언할 것 같은 마음의 형태가 천천히 조금씩 자리를 잡고 있었다. 산희는 그것의 물리적인 형태를 느꼈다. 그것은 진짜였다.

 이를 닦으면서 균미에게 전화해야겠다고 생각했다. 그 애도 출근하려면 7시 전에는 일어날 테니까. 균미라면 자신에게 하루를 버틸 수 있는 조언을 해줄 것 같았다. 아니면 예언이라도. 적어도 출근길에 누가 버린 그러나 멀쩡한 청소기를 주울지도 모른다는 빈말이라도. 균미는 전화를 받지 않았다. 산희는 전철역까지 걸어가면서 암막 시트지를 주문했다. 무심코 어제까지 이용하던 전철역으로 가려다 방향을 틀었다. 미세 먼지와 뒤섞인 아침 공기가 부드럽게 반짝이고 있었다. 길을 걷는 동안 뭔가 잊은 것이 있다는 생각이 불쑥불쑥 치밀었으나 산희는 무시했다. 길에 버려진 청소기는 없었다. 나뭇잎과 쓰레기 들이 있었다. 단층 주택 담장 안에서부터 라일락 향이 넘어왔다. 보도에 남색 머리끈이 떨어져 있어 주울까 멈칫하는 사이 구급차 한 대가 귀를 찢는 듯한 소리를 내며 지나갔다. 산희는 전철역 계단을 내려가다가 사원증을 집에 두고 왔다는 걸 깨달았다.

산희는 퇴근하면서 균미에게 전화했지만 이번에도 수신자가 없었다. 근무 중에 메시지를 두 번 보냈지만 답이 없던 차였다. 무슨 일 있는 건 아니겠지? 읽음 표시가 없는 메시지를 보면서 산희는 문득 청소기를 떠올렸다. 아무래도 전 집에 두고 온 것 같아. 확실해. 확실한데…… 왜 확실하다는 기분을 거의 확신할 수 없을까? 산희는 전철 안에서 손잡이를 붙든 손등에 이마를 붙이고 생각했다. 자리가 비어 냉큼 차지할 때도 생각했다. 집까지 두 정거장이 남았을 때도 생각했다. 사는 동이 바뀌어 한 정거장 더 가야 했다. 그러나 산희는 어제까지 내리던 역에서 내렸다. 습관 때문이 아니었다. 산희는 어제까지 살던 집으로 향했다. 그러는 동안에도 청소기와 균미를 번갈아 생각했다. 균미가 매번 전화를 받을 수는 없다는 건 잘 알고 있었다. 하루 정도 연락이 안 되더라도 다음 날이면 전화나 메시지로 그간의 사정을 설명하곤 했다. 그러니 이따 밤이나 내일은 목소리를 들을 수 있겠지. 산희는 새로 생긴 포케집과 곱창전골집, 자전거포와 삼겹살집, 즉석 복권방과 가로수들, 개를 산책시키는 사람들과 가로수들을 지나면서 생각했다. 건널목을 건너고 마을버스 정류장들을 지나쳤다. 쓰레기 수거일이라 길가에는 대개 흰색으로 속이 꽉 찬 쓰레기봉투들이 널려 있었다. 냄새마저 익숙한 길이었다. 이제 편의점과 김밥천국을 지나 비비큐와 메가커피를 끼고 골목으로 들어가면 얼마 가지 않아 전에 살던 집이 나왔다. 당연하게도 산희는 1층 출입 번호를 기억하고 있었다.

 산희는 비밀번호를 누르는 대신 402호를 호출했다. 답이 없었다. 다시 호출하고 신호음을 들으며 무심코 우편함을 보았다. 총 여덟 세대가 사는 건물 우체통은 비어 있었다. 아무것도 오지 않았거나, 이미 다 가져갔거나. 전날 산희가 이사를 나오자마자 새로운 세입자가 그 집에 들어갔다는 건 분명

했다. 부부가 함께 실측하러 왔기도 했고⋯⋯ 그중 아내 쪽이 행어는 싫다며 붙박이장을 맞추자고 했던 말도 기억이 났다. 산희는 1층 출입 번호를 눌렀다. 출입문이 열렸다. 공용 현관 안쪽에 먼지 쌓인 유아차 한 대가 그대로 있었다. 유아차 안에 전단이며 커피 컵 쓰레기도 그대로였다. 2층과 3층 사이 계단참에서 고등어 굽는 냄새를 맡을 수 있었다. 고작 하루 만에 이렇게 낯설어지다니. 계단 난간에 전날까지는 보이지도 않던 먼지들이 빼곡하게 쌓여 있었다. 청소기. 그래, 청소기를 찾아야 했다. 돌려받거나. 돌려받을 수 있다면 말이다.

4층에 도착해 심호흡을 하고 초인종을 눌렀다. 벨 소리가 끊어질 때까지 기다렸으나 응답이 없었다. 그러나 인기척이 느껴졌다. 안에 누군가 있었다. 개나 고양이처럼 작은 동물들이 소동을 벌일 때 같은⋯⋯ 찻잔 속의 태풍처럼⋯⋯ 더 축소해서 생각해 보자면 일개미들이 여왕개미에 맞서 혁명을 일으킬 때처럼 크지만 작은⋯⋯ 그러나 누군가에게는 큰⋯⋯ 소리⋯⋯. 산희는 문을 서너 차례 두드리고 다시 초인종을 눌렀다. 이번에는 사람이 다가오는 발소리가 들렸다. 슬리퍼를 끄는 듯한 소리였다. 그리고 예고 없이 문이 벌컥 열렸다.

산희는 그를 바라보았고, 그는 산희를 바라보았다. 산희는 순간 아무 말도 할 수 없었다. 상대방은 산희를 빤히 바라보앉다. 서로 눈높이가 일치했다. 산희는 자신이 자신을 보고 있다고 생각했다. 산희가 옳을 것이다. 산희가 보고 있는 사람은 산희와 똑 닮아 있었다. 휴대폰 잠금을 풀 수 있을 정도로, 혹은 산희 대신 산희의 직장에 출근할 수 있을 정도로, 산희의 엄마도 자신의 딸이라고 믿고 그 믿음을 백 퍼센트 강고하게 유지할 수 있을 정도로. 산희의 상대방은 동요하는 기색이 없었다. 「들어오세요.」 그가 말했다. 산희는 부지불식간에 어제까지 자신의 집이었던 그의 집으로 빨려 들 듯 들어갔다.

산희는 어색하게 검은색 스니커즈를 벗으면서 그새 낯설어진 냄새들을 일별했다. 고개를 들고 본격적으로 집 안으로 들어서는데 새로운 세입자는 이미 전기 포트에 물을 받고 있었다. 산희는 뒷모습까지 자신과 닮은 그를 어리둥절한 상태로 흘긋 보고 집 안을 살폈다. 산희의 책장이 있던 자리에 그의 책장이, 산희의 책상이 있던 자리에 그의 책상이, 산희의 전기 포트가 있던 자리에 그의 전기 포트가 있었다. 주방 타이머는 키 작은 냉장고 위에, 싱크대 옆에는 양철 사탕 통이 있었다. 그도 막 장을 봐왔는지 싱크대 앞 바닥에 불룩한 마트 비닐봉지가 반쯤 쓰러진 채 있었다. 과탄산소다라고 적힌 플라스틱 통이 반쯤 비어져 나와 있었다. 그가 커피라도 한잔 마시겠느냐고 물었다. 아니면 물이라도. 산희는 물을 달라고 했다. 산희가 전에 쓰던 것으로 오랫동안 여러 얼룩이 묻었고 내장 스펀지까지 움푹 꺼지는 바람에 이삿날 버리는 물건으로 표시해 뒀다가 아마도 이삿짐센터 직원들에 의해 대형 폐기물로 버려졌을 진회색 일인용 소파와 매우 비슷하지만 비교적 덜 낡고 베이지색인 일인용 소파에 앉아 그를 관찰하는 동안 그는 머그잔 두 개에 커피 가루를 붓고 끓인 물을 부었다. 산희는 얌전히 기다렸다. 그는 태연하게 커피 두 잔을 만들어 하나를 산희에게 내밀었다. 산희가 말했다. 「혹시 저를 아세요?」

「애틀랜타에서 만난 적이 있죠. 그다음은 휴스턴이었고요.」 그가 대답했다.

「저는 미국에 간 적이 없는데요.」

「가시게 될 거예요.」

산희는 점점 더 혼란스러웠지만 꾹 참고 커피를 마시며 그를 바라보았다. 그는 산희의 눈길을 피하지 않았다. 산희는 자신의 시선을 정면으로 받아치는 그의 얼굴을 보면서 마치 거울을 보고 있는 것 같다고 생각했다. 머그잔을 든 그의 손가락 마디마디까지도 산희의 그것과 똑 닮아 있었다. 그가 범죄를 저지른다면 경찰이 자신을 지목할지도 모르겠다는 우스꽝스러운 생각이 들었다. 지문까지 똑같은 거 아니야?

「저 진짜 모르세요? 우리가 너무 똑같이 생긴 것 같은데요.」

「만난 적이 있어요.」

「혹시 어려서 헤어진 쌍둥이 자매는 없으시고요?」

「그쪽도 없으시잖아요.」

산희는 대화를 어떻게 이어 가야 할지 몰랐다. 그래서 좀처럼 식지 않는 커피잔을 어제까지만 해도 맨발로 밟았던 바닥에 내려놓고 말했다.

「어제 이사하셨죠?」

「네.」

「혹시 청소기 한 대가 남아 있지 않았나요? 구형 모델인데 손바닥 두 개 크기에 유선이에요.」

「다른 사람 청소기는 없었지만 제 건 있습니다. 공교롭게도 제 청소기도 작은 구형 유선 모델이에요.」

산희는 그것을 보여 달라고 했다. 그가 다용도실에서 청소기를 꺼내 왔다. 산희는 단박에 그것이 자신의 물건임을 알아보았다. 어떤 설명도 필요하지 않았다. 청소기의 낡은 외관과 호스가 말린 형태, 도색이 벗겨진 표면과 전선의 늘어짐과 같은 모든 요소가 산희의 소유물임을 증명하고 있었다. 산희와 새로운 세입자는 묵묵히 청소기를 내려다보았다.

「분명 그쪽을 만난 적이 있습니다.」 그가 말했다.

「정말로 우리가 지나치게 닮았다고 생각하지 않으세요?」
「그렇다기보다는…… 매트리스를 뒤집다 발견된 폴라로이드 사진이나 용처를 도저히 알 수 없는 오래된 열쇠 같은 느낌인데요.」
「무슨 말씀인지 모르겠어요.」
「저도 마찬가지예요.」

산희는 화장실을 쓰겠다고 했다. 그의 얼굴과 그의 시야에서 잠시 풀려나고 싶었다. 작은 집이었고 살던 집이었으니 화장실이 어디인지는 잘 알았다. 그의 화장실에는 낯설면서도 낯익은 물건들이 있었다. 산희가 쓰는 것과 조금 다른 휴지, 조금 다른 치약, 조금 다른 샴푸, 조금 다른 비누, 조금 다른 칫솔. 비슷한 물건들. 거울에 달린 선반, 양치 컵과 토너 통 사이에 향초가 하나 있었다. 산희는 그것을 단박에 알아보았다. 산희의 향초였다. 시솔트 브리즈라고 적힌 스티커 귀퉁이가 조금 떨어진 모양이 그것을 증명했다. 산희는 향초를 집어 안쪽 왁스가 녹은 형태와 심지가 탄 모양을 관찰하고 냄새도 맡아 보았다. 그런데 내 향초는 내 집에 있잖아? 오늘 아침에도 인덕션 위에서 본 것 같은데. 산희는 향초를 선반에 올려놓다 문득 거울을 보았다. 그 얼굴이 새삼 너무나 낯설어 하마터면 향초를 바닥에 떨어뜨릴 뻔했다.

산희와 닮은 정도가 아니라 산희라고 주장해도 무방할 새로운 세입자가 산희에게 자신의, 혹은 산희의 청소기를 주었다. 새 물건을 사겠다고 했다. 커다란 종이봉투에 든 청소기를 들고 계단을 내려오는데 산희는 그것이 분명 자신의 물건이라고 확신하면서도 무언가 잘못되었다는 기분을 떨칠 수 없었다. 봉투가 무겁지는 않았지만 손목이 시큰했다. 균미에게 전화해 이 얘기를 전하고 그 애 특유의 느슨한 일갈을 듣고 싶었지만 어쩐지 참아야 할 것 같았다. 번거롭게 전철이나 마을버스를 타는 대신 그대로 새집까지 걸었다. 새집으로 가는 길은 전 집으로 가는 길을 복사한 것 같았다. 삼겹살집과 카센터, 분식집과 메가커피, 페리카나 치킨과 카페. 무인 아이스크림 가게와 코인 노래방. 편의점과 쓰레기봉투들과 고양이들. 초여름 저녁의 시원한 공기를 마시며 걷는 사람들. 산희는 새집에 도착해 1층 출입 번호를 누르다 전 집과 동일하다는 걸 깨달았다. 1234였다.

집에 도착해 현관문을 열고 들어서자마자 청소기가 놓일 자리를 찾았다. 책장 옆 콘센트 옆이 적당할 것 같았다. 종이봉투에서 청소기를 꺼내 책장 옆에 다소곳이 내려놓자 그제야 집이 완성된 것 같았다. 코드를 꽂고 전원을 켜자 청소기는 제 역할을 시작했다. 이제 괜찮아, 어쨌거나 괜찮아졌어.

산희는 생각했다. 자신과 똑같이 생긴 사람과 그의 아리송한 말들을 억지로 잊으려고 노력했다.

이틀이 지났다. 생활이 가까스로 정리될 기미를 보이기 시작했지만 사소한 문제들이 있었다. 세면대 물이 잘 내려가지 않아 배수관 세정제를 부었고, 멀쩡하던 세탁기가 고장 나 수리 기사를 불렀다. 정수기 업체에서는 먼저 연락이 없었다. 고객 센터에 전화하니 예약이 밀려 있다고만 했다. 청소기는 책장 옆을 잘 지키고 있었다. 간간히 균미와 통화했다.「원래 이사라는 게 그래. 잃어버렸던 물건 찾은 건 없어?」산희는 청소기를 찾았다고 했다. 균미는 최근 지인의 장례식에 다녀왔다고 했다.「아직 젊잖아. 사인이 뭔데?」「너도 알 법해.」산희는 더는 묻지 않았다.「그런데 말야, 네가 예전에 파리에서 사 온 신발 한 번이라도 신어 봤어?」「아니, 아끼다가 못 신었네.」「신발은 신지 않으면 상해. 너무 아끼지 말고 신어.」「갑자기 그 신발은 왜?」「장례식장에서 그 신발이랑 똑같은 걸 신은 사람을 봤어.」「안 그래도 잃어버린 줄 알았어. 내가 그 얘기 너한테 안 했구나.」

통화를 마치고 저녁을 먹으려다가 청소부터 하자는 생각이 들었다. 전원을 켜자 익숙한 소음과 함께 청소기가 작동하기 시작했다. 맞아, 내 물건이 맞아. 산희가 본격적으로 밀대를 잡고 움직이려는데 모터 출력이 약해진 것 같았다. 시험 삼아 이틀째 머리카락들이 굴러다니던 자리를 쓸어 봤지만 먼지도 머리카락도 잘 빨아들이지 못했다. 필터를 교체해야 하나? 그런데 여분 필터가 어디 있지? 아니…… 그보다는…… 필터 안을 확인해 봐야겠다는 생각이 스쳤다. 사용한 필터 속 내용물보다 이 청소기가 산희 것이라는 사실을 훌륭하게 증명할 수 있는 건 없었다. 산희는 곧장 주저앉아 커버를 열고 속이 꽉 찬 필터를 꺼냈다. 그것을 싱크대로 가져가 가위로 가장자리를 오려 내자 먼지가 피어올랐다. 산희는 주저하지 않고 손을 안으로 넣어 내용물을 꺼냈다. 까만 먼짓덩어리가 나왔다. 그다음에는 머리카락들이. 그다음에는 모르는 동물의 털 뭉치가. 머리핀이. 영수증 조각이. 이빨 하나가. 사탕 포장지가. 양말 한 짝이. 파란색 큐빅이 달린 은색 귀걸이 한 쪽이. 철명의 증명사진이 구겨진 채로. 보딩 패스가. 산희는 보딩 패스에 적힌 글자와 숫자를 읽었다. 2년 전 8월 30일이나 31일 날짜가 찍힌 대한항공 인천발 애틀랜타행 항공권의 일부였다. 탑승객 이름도 흐릿해져 있었으나 희로 끝나는 이름이라는 건 알 수 있었다. 산희는 싱크대 안에 흐트러진 쓰레기들을 내려다보며 그중 자신의 물건이라고 확신할 수 있는 건 철명의 구겨진 증명사진뿐이라고 생각했다.

사흘 후, 산희는 충동적으로 휴가를 신청했다. 본격적인 휴가철에 앞서 미리 다녀오는 편이 나을 성싶기도 했다. 적금 하나를 깨서 인천발 애틀랜타행 항공권을 구입하며 여권이 없다는 사실을 깨닫고 부랴부랴 구청에도 다녀왔다. 균미에게 같이 가지 않겠느냐고 물었지만 장기 휴가를 쓸 수 없다고 했다. 「거기서 잃어버린 귀걸이 한 쪽을 마저 찾을 수 있을지도 모르겠네.」 균미가 말했다. 「그 신발도 신고 가. 그 낡은 스니커즈는 미국에다 버리고 오고.」

애틀랜타까지는 열네 시간이 걸렸다. 기내식을 두 번 먹고 양치를 한 번 하고 얕게 잠들었다 깨자 비행기가 착륙했다. 공항을 나서자마자 거대한 주차장 빌딩이 보였다. 낯선 냄새들이 한꺼번에 산희를 향해 몰려왔다. 매연 냄새, 기름 냄새, 대마 냄새 따위였다. 버스를 타고 공항을 나서자 곧 어두워졌다. 도시는 묵직한 습기에 짓눌린 것처럼 보였다. 구글 맵으로 동선을 확인하며 숙소로 향하는 도중 창밖에는 고속 도로 불빛이 미끄러지듯 이어졌고, 간헐적으로 버려진 공장과 공터가 나타났다. 망가진 울타리들, 끝없는 평지, 대형 간판들. 운영 중인지 의심스러운 을씨년스러운 주유소들. 스타벅스나 맥도날드가 2킬로미터 떨어진 곳에 있다는 안내판. 그러나 스타벅스도 맥도날드도 산희가 앉은 버스 창가에서는 보이지 않았다. 그리고 어둠에 잠긴 지평선에 희미하게 걸친 태양의 마지막 빛. 산희는 애틀랜타에서 이틀을 머물렀다. 첫날, 면허가 없어 차를 빌리지는 못했다. 대신 버스를 타고 지저분한 좌석에 앉아 도시 이곳저곳을 돌아다녔다. 어느 거리의 상점들은 반쯤 문을 닫은 채였고, 교차로마자 정지 표지판이 무력하게 서 있었다. 버스가 잠시 정차했을 때 어느 망가진 화단에 구겨진 채 버려진 콜라 캔을 보았다. 해가 지기 전에 낡은 호텔방에 틀어박혀 슈퍼마켓에서 사 온 샌드위치 따위로 간단한 식사를 해치웠다. 텔레비전을 틀자 뉴스 채널과 홈쇼핑 채널과 옛날 드라마를 방영하는 채널들 사이에 전도사가 등장해 열정적으로 연설하고 복음 성가를 내보내는 채널들이 간간이 끼어들었다. 산희는 철명이 그중 하나가 되었을지 궁금했다. 산희는 자주 깼다. 다음 날, 호텔 창밖으로 스쿨버스들이 줄지어 지나가는 모습을 보았다. 산희는 걸어서 공사 중인 교회와 주류 상점과 세탁소와 스낵바를 지나 오래되어 보이는 서점에 잠깐 들어갔다가 주인이 말을 붙이자마자 연신 고개를 꾸벅 숙이면서 바로 나와 버렸다. 그러고는 빛이 거의 들지 않는 조용한 카페에서 간신히 라테를 주문해 마셨다. 균미에게 메시지를 보냈다. 생각보다 재미있어. 그 신발은 왼쪽 발에 너무 꽉 끼어서 신을 수가 없다. 내일이라도 올래?

휴스턴으로 가는 그레이하운드 버스를 탔다. 구글 맵에 의지해 버스와 전철을 갈아타며 도착한 정류장은 허름했고, 대합실 플라스틱 의자에 출발하기도 전에 이미 지쳐 버린 듯한 짐들이 마구 놓여 있었다. 버스에 오르자 어디선가 본 듯한 승객들이 앉아 있었고, 역시 어디선가 본 듯한 기사가 나타나 시동을 걸었다. 재밌네, 다들 아는 얼굴들 같아. 그러다 산희는 가끔 보았던 미국 드라마 속 인물들과 풍경들 때문이라는 걸 깨달았다. 버스가 출발하고 창밖 풍경은 빠르게 바뀌었다. 황갈색 평원, 바람에 휘날리는 먼지, 철조망 너머로 드문드문 서 있는 거대한 석유 추출 설비의 실루엣. 애틀랜타에서 휴스턴까지는 열두 시간이 걸린다고 했다. 첫 휴게소에 정차했다. 몇 명이 자리를 비웠다 돌아왔을 때 차량 내부에 대마 냄새가 진동했다. 산희는 멀미를 참으려고 눈을 애써 꼭 감았다. 산희는 해가 지기만을 기다렸다. 어서 밤이 오기를, 그래서 어서 도착하기를. 육중하게 나아가는 버스 안에서 균미에게 몇 번 메시지를 보냈으나 통신망 문제인지 송신이 되지 않았다. 내일이라도 오겠냐는 메시지는 진작 수신되었으나 답이 없었다. 산희는 캡처해서 사진첩에 저장해 둔 에어비앤비 숙소의 주소를 다시 한번 확인하며 외우려고 노력했다. 그러다 깜박 잠들어 버렸다.

　깨어 보니 버스는 어두운 고속 도로를 달리고 있었다. 말 많던 주변 승객들도 대부분 혼곤한 잠에 빠져 있었다. 등허리가 아팠다. 도로 주변에 작은 동물들처럼 보이는 그림자들이 스치듯 나타났다 없어졌다. 산희는 어둠에 잠긴 창밖 풍경을 멍하니 바라보다 문득 피아 식별이라는 말을 떠올렸다.

　한밤중에 휴스턴에 내렸다. 숙소까지 찾아갈 방법을 몰라 우버를 불렀다. 기사는 말없이 차를 몰았다. 새 숙소는 작은 아파트였다. 호스트가 미리 보내 준 메시지에 따라 키패드에 비밀번호를 입력했다. 문이 열렸다. 오랫동안 환기되지 않는 실내 공기가 무겁게 내려앉아 있었다. 산희는 창문부터 찾아 열었다. 그리고 벽을 더듬어 불을 켜고 바로 눈에 띈 소파에 앉아 차분히 기지개를 켰다. 와이파이부터 연결하고…… 물은 있나? 냉장고에 생수 두 병이 있었다. 갈증을 해결하면서 일주일간 지낼 집 안을 둘러보았다. 가벽과 소파로 거실과 분리된 작은 주방, 침실 하나. 방이 하나 더 있었지만 자물쇠로 잠겨 있었다. 화장실 불을 켜자 환풍기가 돌아가면서 먼지 냄새가 났다. 수건과 화장지가 충분히 있었다. 다시 거실로 돌아오면서 산희는 벽지가 많이 낡았다고 생각했다. 진회색 소파에도 얼룩을 닦았는지 거무스름한 흔적이 몇 군데 있었다.

산희는 그 소파에 앉아 텔레비전을 켰다. 폭스 뉴스가 나오고 있었다. 아는 얼굴이 보였다. 미국 대통령이었다. 알아들을 수 없는 말들이 흘러나왔지만 채널을 돌리다 철명을 대면하기라도 할까 봐 그대로 놔두었다. 소파 옆에 벽난로를 흉내 낸 선반이 있었고, 그 위에 액자 다섯 개가 있었다. 산희는 액자 속 인물들을 하나씩 살폈다. 모르는 얼굴들이었다. 문득 휴대폰 알림이 울렸다. 균미인가 싶어 서둘러 확인했지만 체크인이 순조로웠느냐고 묻는 숙박 앱 알림이었다.

다음 날, 산희는 일어나자마자 외출할 결심을 했다. 검색해보니 휴스턴에 오는 관광객들은 누구나 나사를 찾았다. 나가자, 가서 우주선도 보고 아침도 해결하고. 균미에게서는 여전히 아무 연락이 없었다. 옷을 차려입고 벨벳 신발에 발을 집어넣었다. 이제는 오른쪽 발까지 꽉 죄어 아팠다. 포기하고 늘 신던 검정 스니커즈를 신었다. 우버를 불렀다. 택시는 한참을 남쪽으로 달렸다. 차창 밖으로 평평한 상업 지구가 끝없이 이어졌다. 기사가 산희에게 무어라 말을 걸었다. 산희는 알아듣지 못했다. 그래서 그저 어색하게 웃으며 아이, 아이 돈 스피크 잉글리시, 라고 말하자 기사는 더는 말하지 않았다. 우주 센터에 도착하자 10시가 조금 지나 있었다. 바람이 세차게 불어왔다. 아직 이른 시간인지 관람객은 많지 않아 보였다. 산희는 구글 맵을 켜고 우주 센터의 크기를 가늠해 보았다. 꼬박 하루를 돌아다니더라도 다 볼 수 있을 것 같지 않은 규모였다. 산희는 되는대로 돌아다니기로 했다. 입장권을 사서 제일 먼저 보이는 유리와 회색 패널로 된 커다란 건물에 들어갔다. 우주 개발사를 알리는 패널과 화면. 각종 모형. 드문드문 보이는 신난 표정의 아이들. 신났거나 벌써 피로하거나 둘 중 하나인 부모들. 산희는 이 모든 것을 보았지만 실은 아무것도 보고 있지 않았다. 달 분화구 모형을 들여다보다 고개를 드니 카페테리아 표지판이 보였다. 산희는 그곳으로 갔다. 커피와 샌드위치, 감자튀김을 사서 야외에 마련된 플라스틱 테이블에 앉았다. 커피는 썼다. 케첩은 달았다. 샌드위치와 감자튀김은 뭐랄까, 아는 맛이었다. 산희는 냅킨으로 입가를 닦으며 허여멀건 하늘을 바라보았다. 저런 구름을 뭐라고 부를까. 식사를 마치고 화장실에 들렀다가 세면대에서 손을 씻는데, 문득 산희는 자신의 얼굴이 낯설다고 느꼈다. 찬찬히 거울을 들여다보다 그 이유를 알게 되었다. 애틀랜타에서 휴스턴까지 오는 버스 안에서 왼쪽 얼굴만 햇빛에 줄곧 가격당해 조금 타버린 것이었다. 산희는 웃으면서 창가에 내려놓았던 왼쪽 팔도 살폈다. 역시 오른쪽에 비해 한결 거무스름했다. 이렇게 반쪽만 타다니, 돌아가는 버스에는 오른쪽 자리에 앉아야겠어. 산희는 생각했다. 그런데…… 해가 뜨고 지는 방향이 돌아갈 때는 어떻게 될까?

여기까지 왔으니 전시관 안을 좀 더 둘러보기로 했다. 아이들이 여기저기 무리 지어 떠들고 있었다. 거대한 우주선 모형이 천장에 매달려 있었고, 유리 케이스 안에 실제로 우주를 다녀왔다는 우주복이 전시되어 있었다. 헬멧의 둥근 곡면에 실내등 불빛이 부드럽게 번졌다. 이리저리 움직여 보았지만 헬멧 표면에 산희의 얼굴이 비치지는 않았다. 한쪽 벽에는 우주에서 돌아오지 못한 비행사들의 이름이 금속판에 새겨져 있었고, 산희는 그중에서 아는 이름이 있는지 찾아보았다. 아는 이름이 없었다.

오후에 숙소로 돌아갔다. 물부터 꺼내서 마시는데 소파가 면한 창가에 마른 장미 꽃다발이 놓여 있는 걸 보았다. 어제도 있었나? 공기에서 장미꽃 냄새는 나지 않았다. 산희는 창가로 다가가 꽃다발을 보다가 벽난로 선반으로 고개를 돌렸다. 모르는 얼굴들이었지만 이제는 알 것도 같았다. 그때 현관문이 열리는 소리가 났다. 산희는 흠칫 놀라 그쪽으로 고개를 돌린 채 얼어붙었다.

누군가 들어왔다. 산희는 입을 틀어막았다. 그러다 상대방이 산희를 보고 더욱 크게 놀라는 것 같았다. 「미안합니다.」

그가 영어로 말했다. 산희는 알아들었다. 「이 숙소 호스트예요. 관리자 설정이 잘못된 모양이네요.」 산희는 뒤쪽은 알아듣지 못했다. 그러나 그의 목소리를 통해 그가 자신을 해치러 온 사람은 아니라는 걸 알았다. 그가 천천히 모자를 벗었다. 산희는 다시 한번 입을 틀어막았다. 그는 산희와 똑 닮아 있었다.

「우리…… 혹시 만난 적 있나요?」 산희가 떨리는 목소리로 물었다. 한국어가 낯설게 들렸는지 그는 고개를 갸웃하더니 바로 대답했다.

「자카르타에서 만난 적이 있죠.」 영어였다. 하지만 산희는 이제 그의 언어를 알아들을 수 있었다.

「나는 자카르타에 가본 적이 없는데요.」

「가게 될 거예요.」

「우리가 똑같이 생겼다고 생각하지 않나요?」

「전혀. 나는 이탈리아계 미국인입니다.」

산희는 그를 찬찬히 살펴보았다. 그러나 자신과 똑같이 생겼다는 것을, 그러니까 그의 얼굴로 자신의 휴대폰 잠금 화면을 풀 수 있을 정도로, 자신이 알고 있기로는 존재 가능성이 전무한 쌍둥이 자매인 건 아닌지 의심할 정도로, 자기 유전자와 혈통을 의심할 정도로 똑같이 생겼다는 것을 인정하지 않을 수 없었다. 산희가 넋을 놓고 그를 바라보고 있는 사이 그는 실례한다며 주방으로 대뜸 걸어가서는 찬장을 열고 비품을 확인했다. 「여기 있는 건 마음대로 쓰셔도 됩니다. 실은 투숙객이 체크아웃한 줄 알고 청소하러 왔던 거였어요. 실례가 많았습니다.」 그가 말했다. 이번에도 산희는 그의 말을 전부 이해했다. 「알겠습니다. 혹시 또 방문하셔야 한다면 미리 메시지로 알려 주세요.」 그 역시 산희의 한국어를 이해하고 고개를 끄덕였다.

그가 돌아가고 산희는 균미에게 메시지를 보냈다. 할 얘기가 아주 많아. 제발 확인 좀 해. 이번에는 바로 답장이 왔다. 왜, 무슨 일 있어? 지금 보이스 톡으로 전화할까? 아니, 돌아가서 얘기할게. 내일 바로 돌아갈 거야.

산희는 항공사 앱을 켜고 일정을 변경할 수 있는지 알아보았다. 십만 원 정도 수수료를 내면 가능했다. 산희는 기꺼이 카드 번호를 입력했다. 저녁에 애틀랜타로 가는 그레이하운드 버스가 있었다. 산희는 좌석을 예매하며 어느 자리에 앉아야 해가 뜨면 오른쪽 얼굴을 태울 수 있을지 고민했다. 돌아가는 길이니까 또 왼쪽에 앉아야 하나? 아니면 직관적으로 오른쪽에? 아무튼 돌아가자, 돌아가면 다 괜찮아질 거야. 청소기 필터를 새로 사고…… 이번 집에서는 요리도 하고……

이제 3년 차인데 회의 때 당황하지도 말고…… 가능하다면 다시 이사를 가자…… 먼 동네로…… 균미한테 전화 거는 것도 좀 줄이고…… 산희는 짐을 꾸리며 자신과 똑같이 생긴 사람들에 대한 생각을 지우려고 애썼다. 그럼에도 불구하고 자꾸 떠오르는 얼굴들이 있었다. 산희들이었다.

# 보다

**발행일 2025년 10월 30일 초판 1쇄**

**지은이** 김남숙, 김채원, 민병훈, 양선형, 한유주
**발행인 홍예빈**
**발행처 주식회사 열린책들**

**경기도 파주시 문발로 253 파주출판도시**
**전화 031-955-4000 팩스 031-955-4004**
**홈페이지 www.openbooks.co.kr 이메일 literature@openbooks.co.kr**

Copyright (C) 김남숙, 김채원, 민병훈, 양선형, 한유주, 2025, *Printed in Korea.*
ISBN 978-89-329-2539-4 04810
ISBN 978-89-329-2536-3 (세트)